冷暖室别集

黄天骥　著

中山大学出版社
·广州·

图书在版编目（CIP）数据

冷暖室别集/黄天骥著.—广州：中山大学出版社，2017.5
ISBN 978-7-306-06052-5

Ⅰ.①冷…　Ⅱ.①黄…　Ⅲ.①碑文—作品集—中国—当代②对联—作品集—中国—当代　Ⅳ.①I217.2

中国版本图书馆CIP数据核字（2017）第090429号

出 版 人：徐　劲
责任编辑：裴大泉
封面设计：林绵华
责任校对：刘丽丽
责任技编：何雅涛
出版发行：中山大学出版社
电　　话：编辑部 020-84110771，84110283，84111997，84110779
　　　　　发行部 020-84111998，84111981，84111160
地　　址：广州市新港西路135号
邮　　编：510275　　传　真：020-84036565
网　　址：http://www.zsup.com.cn　E-mail：zdcbs.mail.sysu.edu.cn
印 刷 者：佛山市浩文彩色印刷有限公司
规　　格：787mm×1092mm　1/16　22.25印张　161千字
版次印次：2017年5月第1版　2017年5月第1次印刷
定　　价：六十六元

如发现本书图印装质量影响阅读，请与出版社发行部联系调换

振鬣冲寒深雪里，赤骥飞来，背贯英雄气。醉把玉鞭云外指，横天一啸风添翅。

马上挥毫情逸纸，极目苍茫，青霭含丹绣。绣得金晖洒遍地，泛霜细草知春意。

蝶恋花　马年走笔

天骥

蝶恋花·马年走笔

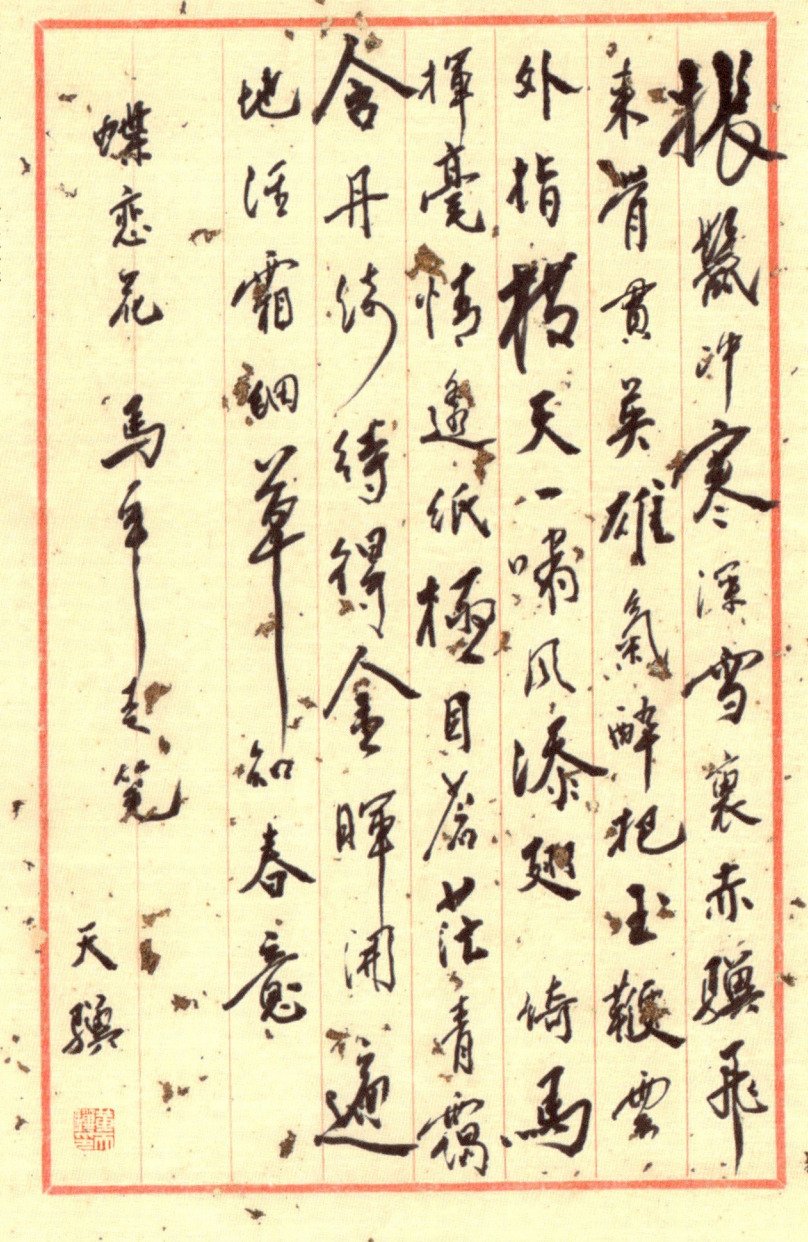

好几篇碑记，若非原校党委宣传部丘国新等同志，以及友朋们帮忙搜集，我根本记不起来。至于诗词，有些曾在《光明日报》、《羊城晚报》、《当代诗词》、《诗词报》等刊物发表，有些则随写随弃，能忝颜选取并收录的献芹之作，仅此而已。

我住在学校，上世纪九十年代，便把书房名之曰『冷暖室』。书架横列，书刊乱堆；伏案微吟，临窗敲字，自得其乐，有时忘形，不知人间何世！去岁，蒙傅璇琮、黄霖教授之邀，我选录了部分有关古代戏曲研究的论文，由复旦大学出版社出版。黄霖教授建议名为《冷暖室论曲》，大佳！所以，这部芜杂之作，便名为《冷暖室别集》。

稿子凑成后，蒙周松芳君赐文，更蒙责编裴大泉君认真编排指导，花费了许多心血，特致深切的谢意。

二〇一七年三月十二日于中山大学中文堂

目录

歌行体（一〇九）

长短句（二三六）

对联（二七〇）

碑铭

梁銶琚堂记

我校继承中山先生遗志，培英育俊，振采扬华。六十年来，名传海外。际兹国运日隆，需才孔亟，遂有扩充黉宇之议。香港梁銶琚先生，闻风响应，慨然以一己之力，赠建中山大学礼堂。乃于一九八二年夏，拓土鸠工，经之营之，得成巨构。轩楹瑰丽，气象恢宏。门接春日之晖，窗揽南天之秀。堂内堂外，美轮美奂。济济学人，共叨嘉惠。因颜曰梁銶琚堂，用纪高风而光盛德焉。先生复乐助我校高级学术研究中心基金会基金；夫人李秀娱女士，亦赠建我校附小图书馆。奖掖后进，盛意拳拳；热爱中华，深情惓惓。先生原籍顺德县杏坛北头乡，现任香港大昌贸易行执行副董事长，恒昌企业有限公司董事兼总经理，恒生银行董事。为造福桑梓，屡献巨款，举凡公益建设，靡不鼎力支持。海涯岭表，咸谓先生龄高德重。今推其爱乡报国之心，共襄兴学育才之举。垂范垂式，可钦可则。刻此乐石，以永令誉。一九八四年十月二十七日记。

中山大学　立

英东体育中心落成记

一九八八年秋杪，英东体育中心落成。我校名誉博士霍英东先生，商界巨擘，爱国名流。为振我体育，翼我雄风，赠我巨资，起我宏图。于是拓广袤，坌广厦，以体育馆为主体工程，辖游泳池、网球场、田径运动场诸项。茂林环抱，崇馆峥嵘；绿草芊芊，碧波淼淼。整体构筑，蔚为大观。况器械臻善，设施先进。从此康乐显豪俊之姿，英雄添用武之地。溯自中心奠基以还，英东博士，育才心切，爱校如家，亲临敦督，以达于成。

其行可则，其情可感。凡我健儿，莅斯锻炼，或鱼翔于沼底，或虎跳于毯中，或鹰扬于网前，或龙腾于场内，增强体质，允武允文。共期寰宇扬威，相与切磋拼搏。十年磨剑，毋负神州父老厚望；一飞冲天，常记英东博士盛意。

中山大学　立

曾宪梓堂记

生命学科，日新月异。其初破核分荚，近势蔽日凌霄。而十年树木，百年树人，穷研物种化育衍繁，培养又红又专俊彦，诚四化建设之需，学府当急之务。香港中华总商会副会长，校友曾宪梓先生，爱国爱校，为弘扬学术，拓展生物研究教学领域，赠巨资修建崇馆。维我校生物学系，创办以还，成就斐然，群贤荟萃，英才辈出。一九六一年，宪梓先生毕业于动物学专业。先生广东梅县扶大乡人，忠耿诚信，博学多才。常苦读于哲生堂中，驰骋于绿茵场上。校中诸友，今尚津津乐道。后定居海外，挈妇将雏，胼手胝足，有胆有识，克俭克勤，创建金利来及银利来有限公司，任董事长。经营十载，蜚声宇内，获亚洲领带大王之誉。春云舒展，鸿业有成，先生饮水追源，复思需泽桑梓；于康乐园一草一木，尤系深情。斯堂之建，先生殚思竭虑，求实求精。楼高六层，风来八面；朱甍碧瓦，雄踞南陬。张健翼以挹珠江，启宏轩而迎学子。爱我校腾飞之际，先生匡之掖之，鼓之舞之，善莫大焉，德亦莫大焉。一九九〇之秋，馆厦落成，友侪感奋，乃恭请叶选平省长题额，叶省长欣然命笔，颜之曰曾宪梓堂。用纪高风，以彰伟迹云。

中山大学　立

曾宪梓堂南院序

一九九三年十月十三，宪梓先生获我校名誉博士荣衔，翌月校庆吉日，曾宪梓堂之南院亦成。佳庆赓扬，群贤毕集；把酒言欢，咸钦盛举。近先生驰骋雄才，业绩如丽日中天，而德望愈隆，爱国爱校之情愈笃。曩者曾宪梓堂落成，我校赠以联曰：『宪梓起崇楼，龙跃梅州，织就金银千里色；丽群匡伟业，凤鸣康乐，催开桃李万重花。』师友献芹，聊申谢悃；先生颔首，颇会于心。复以生命科学发展神速，生物学系场馆尚需扩展，更嘉师生锐意学术，气象日新。遂慨然斥资，兴南院于堂之阳。去岁鸠工，今朝矗立。尔乃层楼耸翠，北踞南随；飞阁流丹，珠联璧合。纳神州之俊英，揽云山之灵气。既而纡才有地，锦上添花，共期科技之果日繁，生命之树常绿。春风南院，从此不辍歌吟；旭日高楼，助我凌云振羽。济济多士，自当力学覃思，为国为民，立功立德。长铭先生之深情，用报先生之厚望。

中山大学 立

岭南堂记

维一九九四年六月，岭南堂落成于珠水之阳。杰构巍峨，崇光闪灼；坪铺翡翠，壁映红灰。于是校园添教学科研设施，校友可瞻依前贤功烈。盖本世纪初，哲士侨绅，感世事之日新，慨国步之阽殆；乃建立岭南大学，育桃李于康乐，播文明于桑梓。兴校以还，孙中山先生数度莅临，嘉掖勖勉。自锺荣光先生掌校政，济济多士，爱校爱国，学风严谨，英才辈出，团结精诚，蜚声宇内。夫云山珠水，气脉本连，洎院系调整，中山大学迁址康乐，文理汇于一园，两校遂成一体。砥砺切磋，交融水乳；曾共舞于春阳，复相扶于风雨。迨开放改革，世纪临新，为促进教育，集思广益，同心戮力，振兴中华，经国家教委批准，成立中山大学岭南学院，院辖于校而隶系室，用拓办学育才之基，宏两校优良之绪。今岭南堂之建，岭南校友擎之举之，踊跃输诚，而林植宣、伍沾德、黄炳礼学长贡献尤巨。因叙所由，泐此乐石，以彰盛德云尔。

中山大学　立

熊德龙学生活动中心记

中华文化，博大精深，滋润心田，如酥如露。南洋德龙先生，幼失怙恃，幸遇梅州熊氏；异国螟蛉，情逾骨肉之亲。几经坎坷，茹辛含苦；百炼千锤，终成大器。既而遨游商海，得展鸿图，荣膺美国熊氏工业集团公司总裁。先生热爱中华文化，事亲至孝，跪乳反哺，感人至深。尝谓抚养之恩，镂骨难忘。虽非中国血统，而受文化熏沐，饮水思源，牵情华夏。乃注力于公益事业，投资于滇南塞北。每念亲缘，尤重桑梓，尊贤恤老，修路筑桥。昨岁莅临我校，复感提高青年素质，亟应开辟第二课堂，俾能陶冶性情，展拓视野。为助我办学，兴我家邦，慨然斥资人民币六百万圆，建赠熊德龙学生活动中心。馆厦既成，校园生色，曲栏照波，层楼叠彩。莘莘学子，于此流连，切磋才艺，习练电脑，启智益思，啸吟歌舞。育身心于课余，纳风云于万里。共期融汇中西精髓，弘扬中华文化，培养高尚情操。不负先生厚望。嗟乎！赤子胸怀，其宽若海；人间恩义，有重于山。德龙先生拳拳之意，又岂斯馆可以宣其万一哉！谨铭诸石，用申景仰；重洋虽隔，盛德不忘。

中山大学　立

方润华楼记

园丁育才，穷年兀兀，及其息影休致，宜备憩娱之所。昔者李华钟教授讲学香江，晤方树福堂基金主席方润华先生，尝谓康乐园中，尚乏专供老年教工活动场馆。方先生敬老尊贤，爱国重教，以方树福堂基金名义捐资建楼，遂补斯阙；我校离退休工作处及离退休协会开发创收，集腋成裘，亦举所需之半。于今馆宇竣工，亭轩缕彩，从此校中长者，联袂莅临，或画或诗，可歌可舞，锻炼身心，怡悦性情。乃登高以沐余晖，捧茗而思雅量，咸念众志成城，更感先生盛德。因颜曰方润华楼，以示不忘；兼寄雨滋露润树茂华荣之意。

中山大学　立

马文辉堂记

马文辉堂告成，我校师生，同瞻新厦，沛然生感。香港马文辉先生，父应彪公，创立先施公司，追随孙中山致力民主革命，任岭南大学首届华人校董。先生幼受熏陶，常思报国，既游欧美，鉴别得失。尝谓振兴中华，宜倡教育与科学民主。已而居寓海隅，克绍父业，目睹港英时弊，尤恶殖民统治。遂效彼邦之施，为主持民主讲座。慷慨挥斥，议论纵横，激浊扬清，斯民鼓舞。先生早岁就读于岭大附中，爱国爱乡，数十年如一日。迨改革开放，率先重游康乐。睹物思人，亲情愈切，乃扩建其先父母所捐马应彪堂及护养院。复念岭大、中大所藏生物标本，俱誉于世，遂赠建马文辉堂，展列珍品。惜蓝图方拟，先生遽逝，赖夫人卢雪儿女士，暨哲嗣马健源先生，秉承遗愿，终成杰构。卢女士为中大校友，与先生伉俪情深，旨趣相投，匡扶调理，允称贤助。今荟菁华于一堂，体两校成一家，所虑甚周，寄寓尤远。斯堂巍然屹立，气象轩昂，遂使我园宇增辉，科研添翼。昔先生刚直不阿，胸襟如雪，布衣杖履，周旋于十里洋场；银髯飘潇，一身正气。师友怀念既殷，咸议铸像于堂，俾莘莘学子，仰高风而知盛德云。

中山大学　立

外国语学院大楼记

我校承中山先生遗教，沟通中外，博采众长。改革开放以来，国际交往日繁，外语人才，尤需培育。而学子愈众，黉庠顿蹙，八十年代之初，谋建外语大楼。几经筹划，尚难措手。香港合生创展集团董事局主席朱君孟依，知我胸襟，助我兴学，遂我夙愿，赠我崇楼。于是康乐之南，又矗巍峨之厦。庭笼旭影，瞻气象之光宏，壁染赪霞，照苑林以绚丽。从此青青子衿，鸣其友声，精研海外文明，利我他山攻玉。朱君祖籍丰顺，旅居穗港，欣逢盛世，勤恳营商。念事业之蒸腾，思有报于邦国。乃匡助贫困地区，热心公益活动，于文化教育，寄望尤殷。斯楼之建，朱君独力斥资，终成盛举。我校师生，既感君诚，复嘉君赐，爰镌乐石，用志不忘。

中山大学　立

丰盛堂记

化学与化学工程，教学科研，发展迅猛，我校旧宇，已不敷用。香港丰盛纱厂有限公司刘谦斋先生，乃率先慨赠巨款，倡建新楼。于是各级领导，协力注资，各方师友，输诚筹措。经营五载，首期工竣，馆厦臻美，设施臻善。同侪既获纾才之区，倍感先生首拓之力，因颜曰丰盛堂，用志不忘，而彰盛德。尝闻谦斋先生，幼年辍学，追事业有成，怀报效社会之思，谙科教兴国之义。屡嘱儿辈，立身处世，宜胸涵寰宇，应饮水思源。

近于家乡建设，襄助尤多。且先生哲嗣，五十年代，问学康乐，毕业以还，成绩斐然。而惺亭钟影，草坪翠色，常萦怀抱。今秉庭训，情系母校，兢业建构，遂竟其功。夫我化学学科，人才荟萃。得群贤之匡掖，必众志以成城，层楼更上，有厚望焉。

中山大学　立

重修乙丑进士牌坊记

明天启乙丑，粤梁士济等七员，举进士，乃建乙丑进士牌坊以彰之。原置市廛，与另三坊并，俗称四牌楼。乃交通日繁，反碍车马。四十年代，岭南大学请迁进士坊于康乐园，用标学术，兼励来者。于是重垒石梁，黉庠生色。后世事沧桑，牌坊委废。去岁，我校为恢复康乐人文景观，弘扬岭南学术传统，乃议重修。蒙岭南（大学）学院董事会慷助所需。今进士牌坊，榕阴再矗，虽历风雨，础柱庄雄。洵证两校一家，情重如磐云。

中山大学　立

中山楼记

新世纪伊始，中山楼落成。仰视云天，钟楼耸矗。缘我校始建，址文明路广东旧贡院，其上钟楼巍立，是为政教中枢，兼成校区标志。中山先生莅临，尝嘱『教育为神圣事业，人才为立国大本』。虽历迁徙，言犹在耳。我师生缅怀中山伟绩，拟于康乐园内，重现钟楼姿采。盖欲承革命之传统，显学术之根基，展岭海之风华，聚神州之才俊。学长曾宪梓博士，屡赠崇馆，爱校之情日笃；偶历阴晴，报国之心愈切。既而知我校夙愿，慨然复斥巨资，助我兴建斯楼。此证中山先生遗泽余芳，校友情谊金坚玉洁。今日莘莘学子，济济一堂，闻钟惕励，登楼鼓舞。遥望白云山高，珠江水长，共期为国栋梁，不负中山殷望。

中山大学　立

中山大学北门广场记

二〇〇一年秋，北门广场建成，门揽云山，岸临珠水，南天毓秀，于此挹聚。溯一九二四年，孙中山先生手创我校，原名广东大学，址在广州市区文明路段。翌年，先生逝世。一九二六年，校易名中山大学。其后学科发展，市廛狭蹙，乃迁址于市东石牌村，涵文理法工农医师范诸学院及研究院。日寇侵华时，内迁澄江、坪石等地。抗战胜利，复返石牌。迨一九五二年，全国高校院系调整，我与岭南大学等合并，遂迁现址。尔乃康乐园中，芳草榕荫，英才毕集。今广州市人民政府兴资助建广场，支持教育，造福群众，营此佳胜，添我风采。回首近百年，大江流日夜，我校发展，与时俱进。又广场之端，牌坊屹然，此按石牌原校门仿制，盖欲承传统之恢宏，并显新姿之斐焕云。

中山大学　立

善思堂记

新元启泰，国运日昌；工商领域，任务日繁。为与国际接轨，驾驭经济风云，广育高级工商管理人才，已成当前管理学科急务。我院同仁审时度势，筹建教育大楼。拓学术之殿堂，海纳百川；揽英豪于怀抱，与时俱进。既立宏图，上下一心，建业艰难，和衷共济。我校领导，关怀备至，耳提面命，指导支持。况何氏教育基金鼎力匡扶，更蒙霍英东基金与香江集团慷慨资助。莘莘学子，咸思盛德，各方协力，杰构终成。于是窗涵雨露，润李滋桃，庭接云涛，腾蛟起凤。今堂名善思，则取义深远，盖为人为学，须善需思，善翁思翁，可钦可法，特镌乐石，不懈不忘。

中山大学管理学院　立

贺丹青堂记

生命科学，发展神速，我院规模日增，实力日强，而科教用房，则日不敷用。广州市利建企业集团总裁贺丹青先生，一贯热心公益，支持教育，所辖集团，荣获省尊师重教先进单位称号。

今再接再厉，急我所急，捐资兴建生物技术实验楼。此诚赠彩笔以绘新图，筑平台而促奋飞。斯楼落成，铭石为记，共期学院企业，比翼南天，振兴科教，共创辉煌云。

中山大学生命科学学院　立

中山大学澄江办学纪念馆记

七十四年前，九一八事变，日寇侵华，东北沦陷。华北华中华南，相继遭敌蹂躏，国民政府，西迁重庆。国难当头，匹夫奋起，广州中山大学，遂于一九三八年十月，由南海之滨，远迁抚仙湖畔。四千师生，涉山跋水，终抵澄江，披荆斩棘，继续上课。校本部设于澄江县城普福寺，各院系则分设孔庙、小李村、香溪、旧城东岳庙、层青阁、兜底寺、极乐寺等地。穷乡僻壤，条件艰苦，土坯茅舍，板桌绳床。而师生秉承孙中山先生革命传统，发扬严谨开拓学风，开展救亡活动，坚持教学科研。焚膏继晷，成绩斐然。诸如帽天山动物化石群之发现，东山磷矿蕴藏量之清查，均由当时师生，排除万难，率先创获。于是寂静湖山，热气蒸腾，边鄙小城，弦歌四起。澄江民众，与师生日夕相处，熏沐文明气息；而中大学人，获群众亲切关怀，感受异乡温暖。危急存亡，锻炼神州儿女；同舟共济，更成患难之交。其后一九四〇年八月，中山大学奉命离滇，然厚谊深情依旧，办学故址犹存。今中华崛起，任重道远，匹夫位卑，未敢忘忧。遂建中山大学澄江办学纪念馆，俾能激励后人，与时俱进。凤山苍苍，抚湖荡荡，爱国精神，万古流芳，澄江中大，共志不忘。

中山大学
澄江县人民政府
立

岭南 MBA 中心大楼落成记

己丑夏月，岭南 MBA 中心大楼落成于珠水之滨。楼高十层，巍然杰构。听涛声之汩汩，连江海之波澜；望云山之苍苍，接岭南之灵秀。从此雏鹰振羽，添此平台，师生论剑，又开新境。爰院系调整以来，中大岭大，浑成一体。岭南校友，爱校如家，历年捐输办学，事迹感人肺腑。斯楼之建，赖老学长鼎力撑持，新校友接踵响应。宏基共拓，众志成城，名校风姿传统，遂见发扬光大。溯我校岭院成立，至今廿载，岁月如梭，进展如箭。

科研教学，成就斐然；管理设施，日臻完备。学界许列前茅，海外贤能推重。尤嘉师生学风严谨，视野开阔。此岭南之精神，亦我校之血脉。今日康乐园中，新楼初显，红灰弘毅，青黛鲜新，江风万里，助我飞翔。共期百尺竿头，振兴教育，群策群力，振兴中华。以报海内外校友，并昭千百年来者。是为记。

中山大学　立

中山医学院科技楼记

二〇〇八年，中山医学院科技楼建成。衡宇轩昂，脉接云山；双翼雄张，风连越秀。登此医学殿堂，境界提升；伫看清池溅珠，心田滋润。溯孙中山先生学医博济，手创我校，遂建西医教育系统，发展中国现代医学。筚路蓝缕，以启山林，悠悠百载，门庭光大。历经院校整合，原中大公医岭大光华医科，菁华聚于一园，百川纳于粤海。追柯麟院长主政，侠气行医，儒风治校；八大教授为首，求博求精，严谨治学。历届院校领导，广大师生，传承血脉，开拓创新。展桃李之芳菲，结科研之硕果。于是杏坛融合杏林，仁心并传仁术。我院之建，既重医术精研，兼重医学发现。一心博爱，两任同肩。拯扶伤患，除二竖于膏肓；洞烛幽微，究医理之玄渺。庶能征服疾病，造福人类。今日层楼宽敞，仪器精良，添此平台，助我雄飞。共期发展医学，攀登科技巅峰；育德育才，弘扬先哲传统。特泐贞珉，纪建楼之盛举；并申宗旨，勉济跄之多士。

中山大学医学院　立

安陵书院序

郴州永兴，古号安陵。连湘粤于胸襟，聚五岭之毓秀。清初邑人，曾建书院，而日居月诸，旧基毁废。校友曹君明慧，情系桑梓。感文化之恢弘，以承传为己任。遂发宏愿，精心策划。承党政之嘉掖，历三载之辛劳。括地七十余亩，重建安陵书院。今日登临，启重门而楼阁参差，视设施则完善典雅。凭栏四望，碧水摇波，苍山回野，杂花生树。若夫缘石阶而上下，曲径通幽，抚青松以盘桓，长廊绕翠，则俯仰古今，浮想联翩；采撷芳菲，志存高远。而或明轩静读，对座玄谈，切磋砥砺，议论风生，则清茗消其俗虑，书香添其雅兴。至若晨鸡初唱，纵目江干，晓雾笼烟，空濛一棹，则眼底顿觉清凉，心灵如经洗涤。又或月明在天，疏星数点，晚风拂柳，暗香盈袖。展腰肢而舞剑，扪山石以啸歌，则海宇入我胸怀，豪情射于南斗。如斯佳境，古色古香，可憩可游，可诗可酒，恍入姑苏园林，兼肖岭南烟雨。尝闻寸草春晖，饮水思源，曹君热心公益，爱校情深。又于此设中山大学文化研究院，俾中外学人，研讨交流，修心养性。嗟乎！弘扬优秀传统，文运关乎国运。衣冠之士，岂可息肩，一夫奋臂，百家争鸣。倡励沉潜创新，远离喧嚣浮躁，学术遂得繁荣，神州会当崛起。辛卯之秋，我校组团赴郴，参与揭牌盛典。同侪既嘉曹君之志，复感其诚，嘱余命笔，爰为之序。

中山大学校友会　立

中山大学附属第六医院院训跋

守真，语出庄子。曰：谨修而身，慎守其真。又曰：真者，精诚之至也，不精不诚，不能动人。信哉斯言！守真者，常怀赤子之心，保持纯真本性之谓也。能守真，则不作假，不虚伪，言行统一；能守真，则不违科学规律，实事求是，追求真理；能守真，则忠以任事，诚以待人，互挹清芬，体恤病患。故曰，守真乃医者立身之本，我六院倡导之风也，以此为训，不亦善乎！凡我同袍，尤应惕励，共期守其真而修其身。守护内心清明，守望院风纯正；为病患服务，为苍生解困。是为跋。

中山大学肿瘤防治中心历史陈列馆记

光阴如驶，岁月留痕。肿瘤防治中心，创建欣逢五秩。忆昔医术未昌，闻癌色变。医学泰斗谢志光、梁伯强教授，哀病患之多艰，拯生民于水火，振臂一呼，倡立防治肿瘤院所。省委领导，鼎力匡扶；柯麟校长，运筹帷幄。遂筚路蓝缕以启山林，初奠规模而肩重任。开展咽鼻普查，致力诊疗痼疾。横天展羽，已露峥嵘；文革十年，竟罹浩劫。幸逢开放改革，凤凰浴火重生。建院元勋，同心戮力，引领才俊，再造辉煌。更广揽海归英彦，攀登抗癌科学之巅峰；拓展国际交流，汇聚医教研防于一体。经年折桂，成果丰硕，嘉誉渐满寰中；培聚人才，研发尖端，雄心敢追硅谷。尔乃综合实力，稳居全国前列；奋发图强，世界一流可望。况同济秉承宗旨，诚实友爱，敬业创新。设施精进，医艺精良。拯厄扶危，驱膏肓之二竖；问暖嘘寒，显人间之大爱。近日尤重管理，以人为本。营造文化氛围，关注苍生凉热。院区则玉宇连云，庭苑则花枝挹露，澄病榻之浊虑，添生命之绿意。瑶琴敷设，助尔舒怀，明窗掩映，恁君静养。今中心蓝图已具，鲲鹏正举，乃设历史陈列馆。广罗史迹，记录征程，彰显前贤，激励后昆。共期接踵天南，雄关再越；服务人民健康，不负神州厚望。

中山大学肿瘤防治中心　立

《全粤诗》序

华夏文明，以诗为盛。风骚启其源流，李杜张其大纛。千百年诗渊词海，浩浩乎浸润九州；亿万人激吭高吟，袅袅兮金声玉振。雅泽绵绵，迭代传芳，诗国泱泱，寰球无两。惟周秦之世，粤人远处炎方，隅居岭外。汉晋以前，风气未开，徒闻哳嘲之山笛，空负早春之梅柳。汉晋以还，虽初被风教，尚未可以言诗，偶有篇什，亦已尘湮星散。迨唐代张曲江开文献之宗，举风雅之旗，接中土之天声，揽岭表之芳润。于是云山珠水，尽入诗怀，雁声渔火，都成雅调。或有流寓羁旅，仗剑囊书，崎岖激彼豪雄，瘴疠添其郁勃。或有羽客缁流，青灯黄卷，松风写入怨怀，清泉涤其俗虑。常讽咏而蕴烟霞，时长歌以纾忠悃。海客凌波，辞生奇丽；幽闺望月，情系淼溟。遂使岭表骚坛，别辟蹊径，既承中原统绪，亦注百粤宗风，从此艺苑添我新花，诗海渐开一脉。洎明初南园五子，名噪于前；清代岭南三家，振响于后。而历代诗家，笔墨驰骋，韵光四射。乡土秀士，低吟而吐属轻圆；北来迁客，悲歌而磊落慷慨。水乳交融，花雨缤纷，雅俗贯通，砉开新境。尔乃南蛮鴃舌之区，竟变文采风华之薮。可争雄于上国，可比肩于齐楚。迄清之末季，前修鉴粤诗之盛，曾广事搜罗，汇成卷帙，惜未臻完璧，常憾遗珠。后世道变化，白云苍狗，此调已不弹久矣。近年新纪开运，龙飞在天，经济渐入佳境，更思繁荣文化。经陈君绍基刘君斯奋鼎力推毂，乃有编纂《全粤诗》之举。陈君永正，登高振臂，总其全局；中山大学文献所同仁，群策群力，擘划钩沉，焚膏继晷。几经曲折，终告于成。尝闻盛世编书，聚先世之辉光，及时补孑，冀传统之不坠，则无愧于古人，更施惠于来者。此功莫大焉，德亦莫大焉。今《全粤诗》编成付梓，永正嘱余命笔，敢竭鄙诚，爰为之序。

十友堂记

上世纪初，岭南大学校友林护诸君，知母校亟需扩充馆宇，乃于康乐园西北，兴建崇楼。一九二九年落成，灰瓦红墙，雄朴典雅。初为岭南大学农学院，后改作博物馆。一九五三年院系调整，中山大学与岭南大学合并，两校一家，物理系建立于此。而日居月诸，教育科研，不断发展，遂扩为理工学院。斯楼之建，赖爱国侨胞，岭大校友，合力斥资。（香港）林护蔡昌李煜堂李星衢马应彪，（美国）梅彩廼，（秘鲁）黄世煦黎拾义，（广州）邹敏初邹殿邦十位，捐额尤钜。多名校友，亦纷纷乐助。集腋成裘，终成盛举。为彰显十友爱校热忱，岭大名斯楼曰十友堂，沿用至今，以存风范，并由容庚教授题额。二〇〇七年，广东省人民政府核定为省文物保护单位。现理工学子，济济一堂，辛勤学习，创新科技，承传十友爱校之诚，同圆振兴中华

中山大学理工学院　立

之梦。是为记。

中山大学中山眼科中心记

我中心源远流长，英贤荟聚。溯一九五六年，陈耀真毛文书教授，创立中山医眼科医院。一路艰难，一路壮歌。后经院校调整，诸源交汇，设备精良，业术精进。培育英才，集医疗教学科研防盲治盲于一体，人称中国眼科黄埔军校；成果丰硕，融现代化多功能眼科设施于一炉，屡居中国眼科声誉榜首。中心历届领导，全体医护，放眼四海，情怀家国。念健康之所系，知性命之相托，乃凝神静虑，守护光明，细心如发，妙手回春。银针拨而云翳尽开，药石投而天日重睹。使矇童瞽叟，复见纶丝之纤毫；城乡病患，喜看神州之秀美。于是民众感恩，名扬寰宇。亚太眼科学会总部，来此永久落户；国际眼科学术菁英，来此应聘交流。近日扩展院区，选址天河西路，拓土鸠工，兴建新楼。圆穹相向，像双眸之清炯；崇轩高矗，若风鹏之正举。今我中心紧抓机遇，立足潮头，坚持人才团队，坚持研究型医院，坚持协同创新，坚持国际化战略。宏图已启，再上层楼。尚期建设世界眼科一流中心，俾在国际具有广泛影响。更继承优良传统，重德重才；服务广大群众，休戚与共。特泐贞珉，同抒怀抱。齐心协力，燃点光明。

中山大学中山眼科中心　立

中山大学孙逸仙纪念医院一百八十周年院庆序

云山苍苍，珠水泱泱，巍巍我院，源远流长。维一八三五年，伯驾博士来华，聚我有志之士，成立眼科医局，复名之曰博济。筚路蓝缕，渐具规模。乃引进西方医学文明，首创神州西医院馆，功在杏林，永垂青史。又首完眼科手术，首办医学杂志，首遣英俊留洋，首建西医学府，堪称学科渊薮，诚为医士摇篮。后孙中山先生负笈来游，习医济世，倡导革命。柳叶刀之熠熠，除病患之痼疾；赤子心之耿耿，解华夏于倒悬。我院为志中山开天辟地殊勋，承传博爱奋斗精神，遂更名孙逸仙纪念医院。溯院创立至今，迄一百八十载。岁月如流，风雨如晦，虽经播迁，奋力坚持。迨上世纪中叶，乾坤再造。七大教授，引领群英，精研医术医理，弘扬医德医风。保障人民群众之健康，融合治疗研教于一体。开放改革以来，业绩突飞猛进，增添先进设备，新建辅翼院所。科研成果，踞医学之高峰；救死扶伤，得苍生之拥戴。栽桃育李，英才辈出；医疗屡获殊荣，盛誉纷传海宇。今逢院庆，回首征程，成就斐然在目，同侪沛然生感。听潮去潮来，如诉往哲之功烈；看云卷云舒，尤喜辉煌之再创。共斯发扬中山精神，同圆中国之梦。是为序。

芸窗三友书画联展序

岁在丙申，春晖照草，芸窗三友书画联展揭幕。校友刘君治文，林君治史，古君治哲。盖四十年前，时李嘉人校长命文史哲三系，各选学生一名，参与党委宣传出版工作。三君品学兼优，均擅诗书绘画，遂得同膺此任。由是缘结芸窗，伏案挥毫；意趣相投，临风舒啸。毕业后仍互相合作，砥砺切磋，积数十年，情谊深厚。今三君成就斐然，乃于康乐园中，共展丹青翰墨，以其学之所长，回报母校培养。莅馆学子，请看铁划银钩，素壁生辉；泼墨飞彩，意气如虹。抒人文之精神，承优良之传统。余既嘉三君书画之美，复感师友爱校之情，敢竭鄙诚，谨疏小序。共期我校文明建设，更上层楼。

《书情画韵　山高水长》序

中山先生，手创我校，巍巍盛德，山高水长。八十年继往开来，万千士焚膏继晷。春风化雨，李艳桃娇。遂使南天一柱，擎立神州；学海雄舸，扬波宇内。时逢新纪，岁在甲申。沐三秋之甘露，临八秩之华诞。我校师生，欣忭鼓舞。因感传统之深厚，纪开拓之辉煌，聚师友之情谊，承革命之风气，乃有隆重庆祝之举。蒙全国各地书画名家，翕然相应，情传楮墨，慨赠琼琚。于是凤舞龙飞，都来眼底；画韵书情，尽归怀抱。展画卷之缥缃，流光溢彩；看笔阵之驰骤，铁划银钩。艺术瑰宝，俾我庆典生辉；人文精髓，添我黉庠蕴积。师生获此，感之钦之；帧装成帙，珍之重之。葆此拱璧，传于永久。而精品征集，广东省书法家协会暨广州美术学院，襄助尤多，特志于首，用申谢忱。

珠海市桂山镇文天祥广场序

零丁洋上，碧浪连空，白鸥掠波，锦鳞潜泳。我桂山镇雄立海中，老树依岩，银滩卷雪，迎旭日之光华，揽天风之浩荡。近年经济发展，帆墙如织，而岛上民众，胸襟似海。每于花朝月夕，极目微茫，俯仰今古。乃忆八百年前，南宋丞相文公天祥，抗元兵于粤赣，陷魑魅之牢笼，系孤胆于烟波，集天地之正气。船过零丁，慷慨吟哦，痛感山河破碎，空负头颅，身世飘摇，竟同萍絮。既悟人生之悠悠，谁无一死；誓取丹心之耿耿，留照汗青。诗成掷笔，血泪交迸，惊风雨而泣鬼神，撼心魂而垂千古。斯人一去，海宇留芳，伫听涛声，啸歌如在。我镇世代得接忠风，百姓倍怀英烈。望洋兴感，意气干云。遂填海湾新地，辟建文天祥广场，更镌诗碑卅二，播扬文天祥佳句。旁开馆厦，广陈史迹，岩矗雕像，遥瞰天南。冀中外游侣，访胜寻幽，受文化之熏陶，承爱国之传统。尝闻风和日丽，波底尚掀乱流，安定岂可忘忧，开放常思忠悃。今日苍苍岭树，如见旌旗，猎猎长风，犹闻警铎，去者已矣，来者可追。共期群策群力，振兴中华，俾我列祖列宗，扬眉吐气。是为序。

珠海市桂山镇人民政府　立

禺北民众抗日纪念亭记

一九三七年七月七日，日本帝国主义启衅侵华。翌年登陆大亚湾，蹂躏广州，谋掠粤汉铁路，吞噬华南。我粤素有爱国传统，举抗英之戈矛，血痕犹在；睹日寇之猖獗，怒发冲冠。禺北民众，敌忾同仇，伍观淇振臂一呼，数千人挺身而起。遂组成抗日自卫团，布防于流溪河北。守土守乡，匹夫有责；江村桥头，枕戈待旦。迨一九三八年十月廿七，首次接敌，即挫其威，弹雨拦江，屡落其胆。经奋战十二昼夜，歼敌伤敌计二百余，复伤敌机一架，敌艇廿多艘。而我自卫团骆邦、江均祐等殉国者六十一人，负伤者亦三十八人。此役江高丁壮，浴血沙场，前仆后继，扑杀强梁。遏日寇北犯之锋，斩群魔贪婪之爪；扬南粤民众之威，伸神州正义之气。义薄云天，可歌可泣。今值抗日胜利五十周年，白云区人民乃于战场故址，构筑崇亭，以怀国殇，而纪功烈。悲风白日，常伴登临；汩汩流溪，如闻惕励。炎黄子孙，会当弘扬爱国主义精神，继承反抗侵略传统。特泐此记，用志不忘。

白云区江高镇　立

澳门普济禅院诗碑序

镜海潮平，松山翠耸；波涵百粤，脉接莲峰。曾历几许沧桑，澳门渐开宏埠。建楼台之矗叠，垦阡陌之纵横；聚五洋之舰舸，驰八方之车马。户盈罗绮，市列珠玑。从此神州骚客，常乘兴以南游；岭峤英才，因风云而际会。囊书仗剑，笔墨淋漓，或寄傲于榕阴，或骋怀于沙嘴。抚烟霞之变幻，慨邦国之废兴；览潮汐之涨消，抒胸襟之积悃。于是晴川芳草，尽入诗题；鹤渚凫汀，遍留鸿爪。时维甲戌，世纪临新，普济禅院法师机修，灯传长寿，宗承大汕。念阳春之有脚，感岁月之无垠，遂发宏愿，建立诗碑。广搜前代遗篇，兼及时贤珠玉。书丹则铁画银钩，镌石则神工鬼斧。炎黄精髓，汇于一园。盖欲显乡土之风流，扬中华之文化。几经筹划，访诗征古，修庑树碣，卒告于成。尔乃望厦村头，花雨纷霏；观音堂上，顿添胜境。而况禅院积百载之根基，聚千古之文物。中外游侣，随喜登临，信步回廊，爇香庭院。拂拭石上苔痕，幽词细认；俯仰竹间云影，逸兴遄飞。会当羡祖国之衣冠，万世留芳；爱闹市之丛林，一尘不染。清风明月，时伴汝而沉吟；暮鼓晨钟，能发人之深省。乃知华章妙谛，共证菩提；禅意诗心，同生机杼。忽悟因缘，爰为之序，而禅院刻建诗碑之旨，其在斯乎！

（注：此序刻立于澳门普济禅院）

建龙园记

碧海沓溟，龙岗迤逦；东连惠汕，西翼凤鹏。曾历几许沧桑，玄黄战血；今逢神州改革，草木知春。望红旗之招展，海晏河清；垒玉宇之巍峨，民康物阜。近龙岗经济日益繁荣，精神文明，亟需建树。改善人文生态，阐扬优秀传统。此桑梓之宏图，实百年之大计。几经筹划，纵目云山，念龙盘于岗，岗以龙名，遂于梧桐山下，龙岗河畔，拓土鸠工，兴建龙园。劈荒江之积淤，遍栽椰柳；启千门之凤阙，广纳龙雕。聚四海之英精，揽九重之祥瑞。云旗雷鼓，蛟舞螭腾，或振鬣于长空，或啸吟于玄壑。流光溢彩，映桂殿之辉煌；穿雾回风，惊神龙之变化。更有瑶池印月，虹桥卧波，曲径通幽，层峦耸翠。凡我龙人，趋我龙园，可游可嬉，可诗可酒，增见广识，悦性怡情。抚古今于须臾，览渊源之悠远，会当豪气盈怀，幽痕入梦。上下千年历史，涌在心头；纵横八万里江山，奔来眼底。羡东方之文明博大精深，感人民之创造超凡入圣。天涯赤子，继龙脉以绵延；炎黄苗裔，振龙德而踊跃。百川归海，众志成城。共期振臂一呼，舒我胸襟；冲宵一飞，兴我华夏。从此八方才俊，尽展风骚；万国衣冠，共瞻龙首。此建园之寸心，亦苍生之夙愿。园光冉冉，岁月悠悠，杰构初成，镌石为记。翘首今日之域中，且看巨龙之奋起！

深圳龙岗区龙园　立

和记黄埔游泳馆记

丁亥之夏，我院和记黄埔游泳馆落成，馆由李嘉诚先生建赠。爰近年广东公安战士，业绩彪炳，立警为公，执法为民。激浊扬清，安宁赖此坚城；排难解纷，赤子情牵金盾。我院乃南粤

警官摇篮，擒龙伏虎，出自门庭；干将莫邪，于兹焠就。历年
兴学，虽具规模，而放眼未来，百务待张，尤以体育设施，亟
需完善。嘉诚先生誉驰中外，心系家邦，有鉴于此，遂慷慨斥
资，建赠泳馆。俾莘莘学子，健强体魄，提高素质。今新厦恢
宏，杰构美奂。窗含旭日，影云山之莽苍；楼载碧涛，汇嘉禾
之灵秀。凡我警员，临池击水，或飙鱼跃，或奋鹰扬。敞豪怀
以挽波澜，铸铁肩以担道义。务求德才兼备，允武允文；虎背
熊腰，琴心剑胆。掌握尖新科技，濡涵人文修养。特泐贞珉，
以宣盛德。共期我院员生，申扬正气，构建和谐。不负人民重

广东警官学院　立

托，长记先生厚望。

广州对口援建威州记

汶川县城威州，素称西羌门户。二〇〇八年五月十二日，汶川八级地震，威州恰近震央，地裂山崩，城乡尽毁。消息传来，举世震惊，广州百姓，感同身受。据中央统一部署，全国人民，重建灾区；广州威州，对口支援。于是广州举全市之力，献奉大爱；争当排头之兵，不辱使命。粤穗领导，多次赴川，与威州干群紧密合作，精心筹划；援建人员，急于星火，甘冒艰险，昼夜操劳。咸以民生为重，兼顾持续发展。乃再造民居于废墟，俾人人享有住房；又建学校医院文化福利设施，合计二十五项；新建跨江大桥两座及自来水厂；整修道路交通，铺设灌渠水管。凡此种种，广州输诚竭力，耗资共二十八亿。各项工程，确保防震质量；建筑风貌，融入民族特色。几经奋战，三年任务，两载完成。从此威州浴火重生，新城矗立，民众熙熙和乐，百业蒸蒸日上。自援建以来，广州威州，结为一体。两地人员，互相尊重。今日锅庄广场，羌胞载歌载舞；穗威大桥，连结骨肉亲谊。尝闻克勤兴业，多难兴邦，地震无情，同胞有爱。请看珠水岷江，永证各族深情；共期川西岭南，携手振兴华夏。

汶川县人民政府
广州市人民政府 立

林芝福清河景观带建成记

西藏东南，林芝胜境。青峦环抱，旭日冉升。华光射万里晴空，藏胞称太阳宝座。此地气候温和，四季常青。远眺雪山，层云荡胸；俯览清流，凉生襟袖。更有经幡飘采，梵呗悠扬；绿草如茵，牛羊漫步。人誉为东方瑞士，西藏江南。近年林芝为谋求民生福祉，建成世界旅游胜地，增强经济造血机能，创新援建管理模式，乃于八一镇建造福清河景观带。沿此景区，内外伸延，一点四线，尽罗美景。经营三载，卒告于成。遂见长桥卧波，繁花满眼，池映天光，亭阁错落，广场连缀，曲径通幽。绚丽处绕青霞，恬静中涵瑞霭；既富民族特色，兼具创新意境。于是汇集优闲观光与旅游商务于一体，提升人文素质与城市风姿之品位。今景区竣工揭幕，乃于太阳宝座广场，巍立

《升华》巨型雕塑。俨若红日东昇，哈达呈祥。又集各界之签名，纪林芝之盛举。更证汉藏同胞，齐心协力，建设美丽家园；粤藏两地，骨肉情深，相互支持奋进。珠水波远而连血脉，林芝气爽而通呼吸。共期神州大地，乘浩荡之长风，沐普照之阳光，缔造和谐社会，同圆中国之梦。

广东省第六批援藏工作队
西藏自治区林芝地委行署
立

东濠涌综合整治工程序

越秀之区，东濠穿贯，涌连珠水，气接云山。曾是江阔波澄，帆樯来往，扬南国商都之风，缀海上丝绸之路。其后年久失修，涌塞淤积。晴则臭气熏天，雨则横流污水。环境恶劣，蚊虫孳生，成疾病之温床，陷居民于困窘。二〇〇八年，我市人民政府，决心综合整治。一期工程，先于濠之南段，清淤截污，垒堤修浦，引入珠江活水，初显景色规模。二期工程，连麓湖之碧浪，通云山之幽涧。而明涌暗渠之互接，楼房间距之偪仄，车水马龙于其侧，管道纵横于其下，施工浩繁艰巨，更有甚于前者。乃群策群力，日日夜夜，精营细节，心系宏图。今整治工程，全线告竣。遂见清流滟潋，游鱼可数，小桥映波，飞瀑泻雪，嫩茵抱水，花木摇姿。红男绿女，或留连于榕阴，白叟黄童，或濯足于石岸。可临风而俯仰，亦围桌以闲聊。于是藏污纳垢之沟，竟成带状公园，建设文明之区，能为人民造福。而参与整治工程全体人员，缔造美丽城乡，期圆神州之梦，辛劳十载，功在千秋。特镌贞珉，以纪其盛。

广州市文化新馆记

岭南文化，源远流长，务实包容，蔚为大观。融中外之风华，延神州之髓脉。云山珠水，素重承传，龙飞在天，尤思奋发。我市文化馆自一九五六年开设以来，广受民众好评，荣膺全国优秀文化馆称号。而旧馆偪仄，不副需求。乃于二〇一三年夏，定于城区中轴线之侧，海珠湖之畔，兴建文化新馆。尔乃运筹帷幄，拓土鸠工，经营数载，遂启宏图。今新馆面积达五万七千平方米。涵公共文化中心、广府园、传习园、戏曲园、翰墨园、百果园诸体。功能设施，堪称完备。况层楼叠翠，曲径通幽。最是十里红云，一湾流水，八桥画舫，十六亭台，尽显岭南特色，展现羊城新貌。从此广大群众，莅馆游憩学习。飞针走线，织粤绣之清辉；粉墨登场，奏粤韵之曼妙。挥健笔则墨光四射，听讲授则耳目一新。满路芳菲，千红万紫，非物质文化遗产得以妥善保存，千百年优良传统得以发扬光大。今日新馆落成，同侪欢欣鼓舞。共期开拓创新，提高群众素质；齐心合力，建设文明广州。不负人民之托，同圆中国之梦。是为记。

广州市文化馆　立

东江赋

东江浩荡，矫若游龙。出于赣，越于山，通于粤，注于海。一路洪波涌起，逶迤而西；潮平岸阔，源远流长。遂见潆回惠州，滋润福土。惠州古称缚娄，阡陌纵横，南濒沧海烟波，西倚罗浮毓秀。襟连闽汕，控水陆之咽喉；翼接穗港，织岭南之经纬。秦汉以还，渐开县邑，千百斯年，俨成重镇。看江流之涣涣，觉文脉之延绵，东坡俯仰于西湖，暮雨朝云，情留佳句；葛洪研丹于溪壑，青灯黄卷，石有遗踪。听江声之汩汩，映民俗之厚淳；舞麒麟于花朝，喧天锣鼓；唱渔歌于月夕，悠扬韵调。而况雄川千里，奔腾入海，惠州民众，一往无前。爰上世纪初阶，北伐军兴，东征将士，挺坚执锐，剿叛逆于摩崖；八年抗日战争，东江纵队，洒血抛颅，戮敌寇于江畔。更有我邑英烈廖仲恺、邓演达、叶挺诸君，坚持理想，留芳青史。此见惠州民气，不屈不挠；地理人文，得天独厚。钟山川之灵气，承传统之精华，展革命之风标，抱宽宏之胆略。然惜世事沧桑，经济仍嫌迟滞。何幸乾坤陡转，欣逢改革开放，近二十年，惠州乘风驭气，奋发图强。既运筹于帷幄，复瞻前而顾后，大步凌跨，改天换地。于是基础设施，渐臻完善。高速公路交织，纵横如网；铁路连贯港口，吸吐如虹。且筑巢以引凤凰，广纳天下资源；又举帜以招贤士，汇聚八方才俊。电子数码信息之业，独占鳌头；中海壳牌石化之城，蜚声宇内。况城乡建设，月异日新，闹市中琼楼高耸，飞阁流丹；西湖上澄波静展，软风摇翠。绿树合于街中，青山斜于郭外。窗明几净，巷陌无尘，可游可憩，宜室宜居。盖由提高人民素质，注重自然生态。凡此种种，成就辉煌，中外刮目以相看，百姓安居而乐业。而展望前景，欲上层楼，贯彻科学发展观，创建文明综合体。务求崇文厚德，包容四海，敬业乐群。新客家老客家，来到惠州，即是一家；外地人本地人，在惠州工作，就是惠州人。共期同享经济繁荣，同依民主法治。尝闻以创建促和谐，以和谐促发展。沿此思路，迈步康庄，使惠民之州，惠风和畅。尔乃神驰故国，豪气干云，信步江堤，心潮起伏，碧水汤汤，证此煌煌。特泐贞珉，用申寸悃。遂揽东江之豪情，抒改革之壮心；看惠州之奋飞，纪殊勋于万代。

粤港赋

——《广州日报》庆祝香港回归十年特刊缘起

鲤鱼门外，大浪淘沙；昆仑山上，雄鹰展羽。香港回归祖国，弹指一挥十载。当夜豪雨滂沱，涤荡百年之块垒；今日明珠璀璨，映耀华夏之辉煌。溯亿万斯年，粤港连根；鸦片战争，横遭借割。迨开放改革，神龙振鬣；九七之岁，合浦还珠。于是粤港区分两制，义属一家，血脉得以贯通，骨肉更知凉热。而十年征路，岂尽坦途？度金融之危机，抗非典之肆虐。两地唇齿相依，休戚与共，终见云消雨霁，皓月当空；岸阔潮平，长风破浪。化挑战为机遇，越昔日之光华。近年粤港经济文化，交往频繁。罄欬传输，信息胜电掣风驰；戚友往还，人潮似排山倒海。水乳渐融，亲情愈笃。彼此取长补短，证哲人之睿思；携手奋飞，促神州之雄起。遂见紫荆摇曳以生姿，木棉挺拔而添秀。时维丁亥，荔熟丹黄，欣逢纪念香港之回归，乃编卷帙浩繁之特刊。刊开百版，版分五篇。或叙重大历史事件，或记高端人物访谈，或写两地名物风俗，或抒粤港人民情愫。图文并茂，笔墨淋漓，以纪盛典，用揭新章。冀读者一刊在手，既可披览风涛，亦可珍藏箧椟。未云涓滴不漏，敢见洛阳纸贵！聊书缘起，共赋襟期：请看当今之域中，齐唱粤港之腾跃。

（注：应《广州日报》之邀作，刊于特刊版面）

广州图书馆新馆记

城区建设，首在文明，同侪感知识之日新，人民之期待，国际大都市以文化论定输赢；政府之职责在保障人民权益。乃于二〇〇四年，立项斥资，筹建广州市图书馆新馆。夙夜匪懈，几经筹策，新馆遂于二〇一三年，落成开放。遂见广厦恢宏，象缥缃之垒叠；中西合璧，接时尚之新风。包容广纳，个性鲜明。更馆藏丰厚，荟聚精华，中外珍籍，供君同享。新馆面积，堪为全球都市之冠。群众利用，亦居寰宇城区之首。该馆复接轨管理现代化理念，促进地区图书馆立法，高悬创新之帜，引领风气之先。于是汇珠水云山之灵秀，成广州文明之窗口。莘莘读者，莅馆展阅。虽于网络时代，知识信息，不可或缺；仍应坐拥书城，精研细读。哲理人文，尤须彰显，揽天下之大势，知历史之废兴。画图生趣，多识鱼虫草木之名；文采飞扬，探求高新科技之窍。腹有诗书而气自华，徜徉学海而乐无穷。尝闻图书馆兴则国运昌隆，根基厚殖则品味高雅。今新馆庭高轩阔，窗明几净，典籍满架，书香盈袖。尚期广大市民，同享公共空间，或借阅，或披卷，或交流，或聆讲。切磋砥砺，潜心求索。为提高修养而来学，为中华崛起而读书。

广州市图书馆　立

广东社科中心序

丙申之岁，广东省社会科学中心落成。庭宇轩昂，倍生奋感。

念岭南文脉，源远流长。涵粤海之烟霞，接中原之雨露。唐宋明清，哲人迭出。惠能禅悟，思入邈溟；白沙儒学，理开新境。近世康梁奋笔，横扫千军，中山伟论，芳留百代。一九六〇年，我会成立，粤省社科人士，遂有纽带津梁。迨开放改革，咸与维新。以求真知担道义勇创新为精神；以引导管理团结服务培育人才开展学术研究为宗旨。于是群贤毕集，兴会淋漓。包容中外，融汇精华，意志自由，精神独立。或从宏观以揽全局，或从微观以启玄窍；或倚马挥毫，嘤嘤求友；或焚膏继晷，屹屹穷年。遂见精品纷呈，鸿篇叠涌，尤以市场经济、特区、港澳台、孙中山研究诸项，新意联翩，成果丰硕。况诸贤情怀家国，仰看风云之变幻，体察群众之需求，引导舆情之方向，探索发展之矩矱。乃深入调研，充智囊以供咨询；亦上下求索，追往圣而继绝学。使神州学界，感凯风之自南；理论粤军，彰岭海之特色。今日新楼启用，登高望远，前景在眼，重任在肩。共期群策群力，求实创新，弘扬核心价值观，发展马克思主义。谨泐斯文，以告来者，用抒怀抱，共志其盛。

广东社科中心　立

南粤先贤馆记

南粤居五岭之南，绿野连阡，雄州雾列。临沧海之烟波，接中原之毓秀。此地千百斯年，英豪辈出，既有世居桑梓，根植炎方；亦有囊书仗剑，迤逦南来。同造福粤海苍生，汇聚成岭南文化。我省市众位领导，为纪先贤功烈，发扬优良传统，乃倡建南粤先贤馆。首批入列者，计五十六位。先贤或施政廉明，关情疾苦，受人民之拥戴；或保家卫国，横刀跃马，洒热血于疆场；或深研哲理，启蒙发聩；或纵情诗画，文采飞扬。或办教育以开民智，或倡科学而导先路。又或矢志维新，直面世界潮流；更有高举民主革命大旗，推翻千年帝制。殊勋厚德，滋润天南，功在神州，光昭寰宇。今先贤馆选址，与五仙观为邻。经多年筹策，拓土鸠工，卒告于成。遂见隔叶鹂鸣，曲廊翠绕，图塑灵动，奕奕传神。况五仙观素有羊城祖庙之称，于是民间传说，先贤史绩，圆融一统，韵脉相连。广大群众，莅临参观，知岭南文化，广纳百川，源远流长，属中华之一系。名更知列宗列祖，情怀家国，或殚思而竭虑，或舍死以忘生。名垂千古，仪型尚在。我世世代代，子子孙孙，流连景仰，抚今追昔，既堪自豪，尤应惕砺。共期发奋图强，秉承南粤先贤之绪，开拓创新，同圆振兴中国之梦。

南粤先贤馆　立

元宝山体育公园记

江门东翼，有元宝山，佳气葱茏，坡圆土润，接主峰之芳菲，聚五邑之灵秀。岁在壬辰，我市为营造文明美丽城区，增强人民群众体质，乃于元宝山之阳，星光园之畔，拓地廿顷，建成元宝山体育公园。内有球场活动区、滨水活动区、山地活动区、儿童活动区、室内活动区，及商业配套设施诸项。山水融合，动静俱宜，整体构筑，以人为本。汇体育文娱休闲旅游于一身，成绿色生态多元文化之区宇。遂见广袤园域，绿草如茵，碧波漾漾，嘉树欣欣。从此男女健儿，工余课暇，莅兹胜境，锻炼攀登。或鱼翔于池上，或虎跳于毯中，或鹰扬于网前，或龙腾于场里。纵横驰骋，任汝展臂扬眉；一飞冲天，英雄用武有地。若夫黄童白叟，来此游憩，抚苍松而盘桓，沿曲径以通幽。亭廓回响，助汝啸歌；疏柳摇风，随君曼舞。尝闻从古以来，侨乡衣冠文物，誉满中华；同胞心系家邦，蔚成传统。斯园之建，蒙天福集团财神酒店萧德雄先生，慨斥钜资，鼎力襄助。先生爱国爱乡，可风可表，特镌此记，并志不忘。

江门市人民政府　立

科技园记

羊城之南，有科技园。前枕珠水，远眺云山，楹轩瑰丽，气象恢宏。更科技设施，完备超卓。统培训清算后台管理之职能，集开发生产测试维护于一体；创金融服务形式之新模，开全省数据集中之先路。夫市场经济，首重信息，金融；管理；尤尊科技。若非统驭网点，岂能胸罗全局。我行曾历崎岖，亟思奋进。省行审时度势，决定自上而下，统一全省电子化建设。承总行批准，遂云集英贤，刻苦攻关，废寝忘餐。垦荒芜于穗郊；一载功成，矗科技之高馆。今斯园创建，鸿图得展，势必提高核心竞争能力，推动全省业务发展，此诚我行再造之里程碑，兼为跨超时代之新基础。仰瞻前路，豪情倍增，特勒贞珉，以励来者。共期众志成城，点石成金，立足于高科技高品格高水平，建设我新农行新精神新一代。

中国农业银行广东省分行　立

敬文广场记

人民学者锺敬文先生，我县公平镇人，自幼追求真理，精研学术，念民族文化，植于草根。群众呼吸，系于谣谚，乃倡建民俗学科，阐扬民间精粹。钩玄中窍，终成泰斗。先生一生任教，为国育才，奋斗无休止。桃李满天下，海内外共尊为中国民俗学之父。前年先生仙游，享龄百岁，文宗国瑞，闾巷缅怀，本镇民营企业家连继良连继才昆仲，辛勤创业，热诚可风，常思造福乡里，回报社会。因感先生功烈，显耀桑梓辉光，厚聚文化蕴积，秉承爱国传统，遂斥资拓土，兴建广场。中屹先生雕像，旁列名贤碑刻，廊展民俗风情，坪铺芳菲细草，花树扶疏，接春晖之温渥，栏槛萦回，揽湖山之毓秀，俾邑人游侣，休憩流连，吟啸烟霞，景仰山斗，感受文化气息，提高素质修养。广场之建，连氏兄弟，殚思竭虑，鼎力操持。海丰县人民政府嘉其文化义举，特命名为敬文广场，市县党政部门暨社会贤达，关怀有加。而锺先生哲嗣及门生故友，亦输诚筹划。今经营两载，渐备规模，谨纪其事，以传久远。

海丰县公平镇人民政府　立

吴川极浦碑廊序

月涌洪波，潮来远屿，平芜尽处，有亭翼然。亭名极浦，为宋季李公凌云所创。公随父由闽入粤，后迁吴川，卜居吴阳。而敦诚高义，博学笃行，既睹朝纲窳败，奸宄横行，乃绝意仕进，避尘俗之喧嚣；设帐授徒，冀斯文之不坠。于是筑亭泽畔，兼作杏坛，吟啸天涯，研经抒悃。从此青枫红蓼，尽入胸怀；渔火远山，翻成胜景。更有词人高会，丞相留题，历代英贤，碑存雅韵。尔而沧海桑田，忧愁风雨，渐见瓦老苔青，馆宇坍毁。

幸得春归华夏，近年经济初腾；欲上层楼，亟需宏扬传统。及新纪运开，平阳兼喜获国家级文化古镇称号。佳讯频传，桑梓感奋，遂重修古亭，浚深河道；又拓土鸠工，建此碑廊。细觅遗篇，广陈碑刻。俾文采风流，光生闾里，南粤芳菲，濡涵千古。昔省长刘田夫有句云，吴川多俊杰，南国正腾飞。今日碑廊落成，名亭添秀，行看龙翔极浦，千里云平，爰泐贞珉，以纪其盛。

高翔教学楼记

五华人杰地灵，民风淳厚。虽处山隅，尤重教育。维我校成立日久，馆舍渐为风雨销蚀，且事业发展，主楼亟需扩葺。乡贤郑锡英女士，热心公益，童年失学，倍感文化之可珍，慈爱为怀，每思造福于桑梓。遂倡重建教学楼，主持督造。哲嗣黄君度先，联系广东粤安集团有限公司，蒙公司以科教兴国为任，捐赠巨款，为我兴楼，而深圳大百汇有限公司，亦赠置教学设备多项。县镇领导，常莅支持勉励。今斯楼落成，师生欣悦，名之曰高翔教学楼，寓金龙蟠蜒于渊，腾翔于天之旨。共期树木树人，英材辈出。且看窗净几明，闻书声之朗朗；桃娇李艳，感情谊之殷殷。爰记所由，以申谢忱，刻于碑石，垂于久远云。

金龙小学　立

澳门地产业总商会堂记

二〇〇六年吉月，澳门地产业总商会新堂揭幕，焕采崇光，同侪额首。溯一九八二年，本会前身澳门地产交易商会成立之初，镜濠地产行业，从无到有，历雨经风，幸创会会长郑祖霖，历届会长锺送巩庄文才陈荣林，及现届会长锺小健，团结同业，成效卓著。更赖理监事暨社会各界，鼎力支持，一步一印，不屈不挠。而所属机构一九九二年建立之慈善基金会，一九九四年建立之物业代理协会，亦生机勃然，建树煌然。此缘开拓耕耘，遂臻花繁叶茂。迨一九九三年澳门房地产联合商会，二〇〇四年澳门地产专业协会，二〇〇五年澳门房地产发展商会相继成立。同业破浪乘风，千帆竞发。今我会冠盖云集，英才济楚，局面既宽，门庭宜展。会员遂捐款七百余万，扩修此堂，廊宇新成，门迎紫气。复念澳门回归，地产行业日见兴隆，同业兄弟相处，本属同气同根，自应和衷共济，推动健康发展，创造社会财富，共期繁荣濠江，矢志振兴华夏。此修堂之初衷，亦同业之福祉。特镌贞珉，而申愿景云。

澳门地产业总商会　立

罗公品超墓志铭

正果福地，千里来龙。广东粤剧院暨罗门亲懿，乃卜吉营圹，以祀罗公品超之灵。公祖籍佛山，原讳肇鉴，幼即辛勤学艺，闻鸡起舞，百炼成钢。遍觅南北名伶，师百家之长技；更从欧阳予倩，审美学之新境。尔乃雏凤一鸣，蜚飞艺苑；英年挂印，叱咤风云。后遇乾坤新造，号召百花齐放。公爱国爱艺，壮志思飞。膺剧院之领导，真诚爽朗，虚怀若谷；育桃李于春风，身教言传，星群若灿。咸谓擎天玉柱，引领南国红氍。而公揣摩角色，臻于至善。冶文武于一炉，集刚柔于一体。演罗成之写书，翘足倚枪，英风飒爽；饰山乡之黑牛，捋袖揎拳，粗豪憨戆。当时誉满京华，于今脍炙人口。公之艺，雄壮潇洒，收放自如。儒雅则玉树临风，慷慨则横天舞剑。关山跃马，矫若游龙。抑扬啸歌，金声玉振。既揽民族传统之博大精深，更融时代精神而常思奋进。遂开粤剧新花，人称南派泰斗。退休赴美，心系家邦，穿梭往来，不辞劳苦，促进文化交流，光大岭南精粹。名播四海，获奖累累。岁在丙戌，公九十有三。老骥嘶风，粉墨登场，饰演荆轲，威仪不减。羊城鼎沸，惊为天人。孰料庚寅七月十五，溘然仙逝，享年一百有一。大星虽殒，仪型永在。门人悼惜，奉殖安葬。每念遗爱，哀留风木。盖感其恩而思其德，复塑其象以光其范云。铭曰：

品德超卓，文武兼容。艺坛之杰，人中之龙。

雄姿英发，名扬寰宇。罗派之碑，南天之柱。

赠校友容商墨迹铭

□□学长，卓荦可风，匡掖教育，助校昌隆；
尽心致力，师友感激，镌此墨珍，情寄贞石。
容商二老，国校之宝，冉冉春晖，常在芳草；
名师墨迹，神光射壁，鉴君情重，嘉君盛德。

为肇庆校友会题中文堂『日月砚』铭

山高水长，日月当空，临池挥洒，龙现其中。
桃绽李开，情寄砚台，师友永葆，郁郁文哉！

念慈轩记

从化之麓，群峰逶迤。汕尾锺君小健小康昆仲，卜吉营窀，用祀祖母刘勤太夫人之灵。复于陵畔，建念慈轩，怀亲思远，聚龙翕凤。盖锺君幼居闾里，父梓汪公，奔波畛外，赖祖母刘含苦茹辛，躬亲抚养。祖母聪慧仁厚，克勤克俭，相夫教子，昼夜操劳。既而携孙求学羊城，望孙成器。孙有寸进，则喜形于色；被薄冬寒，则揽孙护暖。挂肚牵肠，循循善诱，教孙处世以诚，待人以义。是以相依为命，历尽风霜，恩浃骨髓，情逾母子。讵料孙业有成，而祖母已逝。劬劳未报，恨遗风木。营华屋而未享，难戏采以娱亲。锺君遂建轩植柏，纪祖母之慈，申反哺之念。惟我中华文化，向倡孝道。昔云慈母手中线，游子身上衣；行时密密缝，意恐迟迟归；谁言寸草心，报得三春晖。子欲养而亲不逮，此斯人所以抱终天之憾者也。初，太夫人适文流公，生子三，各房枝叶茂繁。今小健君兴尊亲之举，其情可悯可钦。爰记所由，以宣孝旨云。

（注：时锺小健先生为广东省第八届政协常委、澳门地产商会副会长）

华夏陵园记

从化街口，绿树葱茏，祥云氤氲，群峰逶迤。一九九四年吉月，福亨祥综合公司，万铨国际贸易公司，暨中南人防贸易部，三方合作，经国家各级有关部门批准，乃于小海之麓，营建华夏陵园。数载构筑，设施完美。是处青山聚气，玉带环腰，北枕流溪，南巢双凤，藏八方之瑞霭，引千里之来龙，格局天然，宜雄宜静。此诚汇福泽以延后世之区，择吉穴以祀先人之所。维我中华文明，渊源悠久，慎终追远，孝以事亲，既沐三春之晖，咸思寸草之报。而况中外人士，心怀故土，虽驱驰于四海，望落叶以归根。今辟福地以五岳名，复引清泉，以润心宇。俾集天宝物华，恒伴炎黄帝裔。凡诸士庶，于此登临，酹酒浆于窅冥，寄心香之一瓣，缅怀爱泽，惕励儿孙。衍令德于千秋，慰先灵于终古。遂镌乐石，以昭来者，既叙建陵之所由，兼与祈福于久远云。

华夏永久陵园　立

报春苑记

乙酉年，锺君小健迎养生母陈字夫人于报春苑。夫人原籍汕尾南联田乾镇，生子小健小康，后时世剧变，家道隳颓，夫人独撑困阨，含辛茹苦，以其荏弱之身，担载万般磨难。奈生计无着，逼不得已，另觅枝栖，而骨肉乖离，捶心忍死，魂牵梦绕。母氏历尽风霜，人子岂敢忘怀。后小健君旅居濠镜，荣膺全国政协委员，事业有成，知祖德之荫庇；生性仁厚，念生母之劬劳。遂筑墅卜居，含情返哺。俾能颐养天年，抚平当年痛楚。

苑名报春，则寓意深远，既报闻春来大地，家国日渐昌隆；亦报答春晖鞠育，此心常怜寸草。斯苑之建，小健君精心筹划，门迎紫气，看春日之祥和；树拥繁花，听春莺之婉转。更有曲径留香，亭台涉趣，可采菊于东篱，可剪烛于西窗，洗涤世俗之污尘，濡涵中华之美德。尝闻积德承泽，母以子荣，舐犊情长，事亲以孝。今喜陈字夫人否极而泰来，感锺君小健纯孝之可风，遂研墨搦笔，以纪其事。

赠泰国崇圣大学铭

传诗传礼，至大至光。
崇文崇德，兴国兴邦。

（注：为中山大学撰）

杨振宁教授七十大寿赞

物理之光，炎黄之胄。
赤子之心，南山之寿。

（注：为中山大学撰）

贺香港协成有限公司六十周年庆典，兼赠方润华董事长铭

协以业兴，成攸德厚。

润物无声，华光射斗。

（注：为中山大学撰）

中山大学香港校友会聚会赞

庆香江之嘉会，聚四海之英贤；

望烟波之渺渺，忆往日之翩翩。
举中山之大纛，著祖逖之先鞭；
系情缘于母校，时愈久而弥坚。

（注：中山大学香港校友会组织首届校友会国际聚会，并贺孙中山思想研讨会召开。此为中山大学撰）

『天下为公』铭，赠捐资助学人士

大道之行，天下为公，伟人宗旨，山高水长。
某君某某，秉泽承芳，支持我校，热心教育。

师生铭感，特镌遗训，以申谢忱，用相勉勖。

伟人手迹，采飞光奕，照君胸怀，嘉君盛德。

（注：为中山大学撰）

歌行体

花市行

花拥五羊春满路，倾城争说买花去；东风浅笑过墙来，轻逗几点黄昏雨。雨余巷陌绝纤尘，浮光泛彩茜罗裙；灯下买花香惹鬓，春到枝头已十分。十分春色十分情，含情凝睇入红陵；松柏两行霜染翠，栏杆九曲玉雕成。尚记栏杆萦绕处，夜深忽放花千树；心香瓣瓣结花环，春雨潇潇愁不住。万里神州一片白，缟素梨花和泪摘；年年花发望清明，丰碑已在人心勒。白花深处有花魂，缥缈音容梦愈真；骨重神寒天宇器，曾将妙手绣乾坤。风云初动乾坤转，啮花虫豸蒙头蜷；京华十月醉红枫，如茶如火催春暖。春暖今年放百花，双桥烟水润山茶；谁剪云中千段锦，飞落羊城百姓家。买花逶迤西城走，夭桃夹路镶银柳；珠江初泛鸭头青，水映花光浓于酒。篱边把酒倚修竹，坐对丛丛深浅菊；珠球蟹爪间金鳞，藕白飞黄缀肥绿。遥看梢头花似雾，吊钟微颤挹清露；风前嫩蕊吐轻红，恍作霓裳羽衣舞。窈窈婷婷淡淡妆，水仙含笑琐窗旁；纤手高擎双玉盏，暗香微度到心房。春回艺苑胜花坛，千红万紫挟霜还；柳腰莲步随腔转，铁板铜琶尽兴弹。弹罢舒眉发浩歌，芳华重睹泪滂沱；恨短恨长缘底事？年来年去莫蹉跎。莫惧花根冰雪压，苍生护暖新芽茁；买花归去写新词，春心欲共花争发。颙立捧花向九陔，春莺飞去又飞回；岭头陇外花如海，花魂何日复归来！重霄乍觉彩云开，仿佛花魂喜满腮；如许春花来不易，寄语东风着意栽。

足球吟

寄足球健儿

天安门前擂大鼓，神州浩气连天翥；绿茵场上健儿飞，荧光屏畔情如煮。一蹴跳丸飘若线，破雾穿云看不见；忽惊明月坠碧空，訇然匝地流光溅。齐挥铁腿向球门，横身倒踢紫金冠；斗处骇观狻猊搏，伏时巧作蛟龙盘。盘弓跃马张双翼，全守全攻齐努力；去如东海退秋潮，来似昆仑轰霹雳。霹雳轰顶不须忧，雄狮振鬣猛摇头；珠球洒落三山外，仰天长啸乱云收。云去雨来风转鏖，底线传中势磅礴；半场堵截树铜墙，后防顿觉烟波恶。铲破重围不顾身，飞将军自九霄落；练兵千日用今朝，人生哪得几回搏！短传燕子穿三角，长传饿虎摇山岳；斜传急雨射苍穹，回传宝剑收锋锷。战旗猎猎风萧索，前冲后突单枪戳；凌空怒吼荡乾坤，鲤鱼拔刺翻身扑。翻身只手挽狂澜，一夫倚柱镇雄关；箭雨刀风迎面起，屹立苍茫若等闲。鼓鼙愈紧气愈壮，万众喧呼意豪宕；振兴中华奋国威，海角天涯翘首望。翘首冲天弱转强，苍生底事喜如狂？凋残十载严霜尽，逆境屠龙意味长！酹酒含情酬健旅，云山珠海同君醉；

兵家胜败事寻常，胜者不骄败不馁。奔腾跳掷寒和暑，阑干汗滴神州土；丹心热血铸儿郎，儿郎尽是擎天柱。尚祈努力更加餐，万里扬帆过险滩；横扫千军如卷席，敢攀星斗落人间。

老山兰咏[二]

仗剑天南锁玉关，倚壕浇灌老山兰；泥深虽觉催芽易，石冷应知放叶难。烟熏火淬三千遍，叶似刀铓须似箭；蘸血飞花敌胆寒，疾风劲草今朝见。月隐前坡夜未央，几经风雨几经霜；枕戈卧看星河落，战地幽兰分外香。壕边恰遇种兰客，家住羊城深巷陌；梢头月胜故乡明，草上露从今夜白。故乡闻道喜重重，又见长虹卧海中；流水是车龙是马，满城改革起新风。犹记送行诸父老，都说富民新政好；丰衣足食赖安宁，岂容鼠辈矜牙爪。手攀荆棘背撑天，越涧腾云路几千；烈焰漫山刀卷地，登高抢点勇争先。奋扫鼠狼不顾身，甘茹万苦与千辛；纵然亏了我一个，造福神州十亿人。闻君此语心头热，当代青年真俊杰；一缕情思似水柔，男儿肝胆坚如铁。英雄何惧裹尸还，高举红旗过险关；莽莽昆仑连五岭，弥天浩气重于山。种兰种兰山之麓，战士情深到草木；汗血浇开剑叶肥，巍巍颤颤亭亭玉。细捧兰花看几番，青春光彩照人间；回望乡关灯影里，家家都唱老山兰。

[一] 时值自卫反击战。

太湖行

七月扁舟过太湖，天高地远海云孤；晴波万顷葡萄绿，浑似神州酒一壶。神州暖意催人醉，阵阵渔歌斜照里；赤鲤青虾入网来，满船载笑回沙嘴。笑声飘落小重山，山在湖光荡漾间；水殿风来暗香满，虬松怪石任登攀。峋嶙突兀太湖石，锋似剑铓皴似劈；乍惊涛卷浪花飞，风生九窍鸣秋笛。倚笛临流一老翁，清涟濯足语从容；曾跨劣马驰天外，笑挽长缨掣毒龙。龙战玄黄血溅野，湖山再造新图写；北京城上奋声呼，胜利归于无产者。百战功成放眼量，落霞红染水云乡；常思后浪推前浪，爱育新松接晚凉。手种新松争壮茁，应知雨露皆心血；胸襟更比太湖宽，月照平沙光胜雪。扶翁归去子陵滩，身退湖山意未闲；四海风云归指掌，纶竿拨雾释疑难。沉吟遥望鼋头渚，山色四围笼海宇；石笋纵横芍药坡，枝枝尽似擎天柱。拂柱风清处处歌，深红浅翠舞婆娑；多情最是幽篁里，老凤翩然引嫩雏。湖滨忽觉风头急，渺渺冥冥烟欲湿；澒洞心潮逐浪高，迷花倚石凌云立。独立苍茫有所思，五洲雷电几多时？鱼龙舞罢湖心静，又见云开月满枝。月涌洪波听棹声，梁溪风物恁关情；归来笔底舒灵气，尚觉湖山入眼青。

围棋咏[二]

秋风猎猎银鹰举，国手东征跨海去；回望齐州九点烟，扶桑只隔一帘雨。雨滴波生白玉堂，汉家豪客振棋纲；千金宇内求骐骥，五色云间下凤凰。拂衣直上攻擂处，吻乱鸟声啼不住；一决雌雄壮士心，嘤鸣求友情常驻。横戈驻马阵云高，雨卷龙腥出海涛；北线穷阴围棘莽，南边巨浸接深壕。棋枰对坐千山静，敛气凝眸看日影；兜鍪不动战旗斜，霹雳收勒听军令。须臾子落起风雷，顿觉眉间剑气吹；布下『小星』光闪灼，犄角连环不可摧。迎敌分兵开虎口，坚城滚石大如斗；直插『天元』『宇宙流』，应手从容饮杯酒。酒酣顺势发奇兵，貔貅怒跳入空营；振臂一呼惊草木，敲棋犹作乱金鸣。中腹大空尖、顶、靠，栈道明修瞒敌哨；『小飞』斜出度陈仓，微睨金鳌抛锦罩。锦罩腾挪动九天，六军翻似滚油煎；露重鼓寒声尽死，戟锁重关马不前。满座但闻风索索，赤日炎炎霜雪落，气结声吞血欲凝，惟有哀兵夜吹角。楚歌四面月将残，槊塞荒凉暮色寒：大局行看江海泻，谁人只手挽狂澜？咬牙搔首沉吟久，拍案急抛『胜负手』：拼掷头颅决死生，五岳乍崩天乱抖。雕弓晓射踣霜蹄，沙场骨白血肥泥；短兵搏杀『收官子』，孤棋『打劫』系安危。胜负安危休细数，渐散尘烟收战鼓：斗酣转觉友情浓，投袂推枰齐起舞。缤枰三尺入玄机，黑白分明接翠微：覆雨翻云千载事，落花流水一招棋。一着之差势尽倒，当时曾把黄龙捣；古今中外几多人，功败垂成没芳草。京华恰见聂旋风[二]，凯歌高唱入云中；漫把棋形连世势，拈花微笑论英雄。手谈斗智兼斗力，国运蹉跎棋运戚；元戎卓识与天齐[三]，助我雄飞张羽翼。卧薪尝胆几春秋，报国心丹耀斗牛；锻砺戈矛期一战，岂能徒白少年头。心底无私思路广，虎穴龙潭由我闯；囊棋仗剑走天涯，铲平沧海千层浪。闻君此语倍精神，昌棋爱国竟难分；烂柯仙叟跨龙去，尚留浩气满乾坤。满乾坤，说聂君，『杀伤电脑』慑心魂；迎风独立三边静，秋山黄叶落纷纷。

[一] 时有昌棋杯中日围棋赛。

［二］聂卫平，人称『杀伤电脑』。

［三］陈毅元帅关心围棋事业。

秋泳曲

兼迎『亚运』

日入沧溟万顷丹，弄潮跣足越江干；浪拍沙堤秋藓老，天回归雁水初寒。寒笛铮铮吹铁韵，胸涵浩淼连烟缊；曲终犹发少年狂，击水三千迎『亚运』。翻身溅落碧涛中，珠江迎客绽娇容；水是眼波云是影，梨涡开处柳牵风。风里千帆飞似箭，劈破琉璃犁雪练；八方英俊赴燕幽，九月绿茵场上见。相见如今剩海鸥，霜毛带湿看沉浮；逆水顶风宜养气，须臾抖擞遏飞舟。扭腰踢腿舒双臂，白鹅潭畔潜蛟起；展眸追送夕阳红，满天凉雾嘘成气。四围听我拨江声，小鱼瞪眼大鱼惊；蛙鼓渐随游处远，一弯凉月引秋星。乍见星低云欲黑，老树横摇江倒立；骇浪如山压破头，海珠乱颤龙宫裂。凝眉奋臂挽狂澜，划转潮头越险滩；禹门三尺桃花浪，几人沉坠几人还？用力须匀呼吸稳，漩涡湍瀑应斜滚；潜入波心任去留，变化鱼龙显与隐。风刀过后海云凝，数点渔灯弄晚晴；神随澄宇千秋澹，身逐苍凫一叶轻。游罢溯流登彼岸，畅哉真似升霄汉；羽化飘然妙入禅，肺腑肝肠微沁汗。云中瞥见二沙头[一]，树影笼江翠欲流；默祷健儿成好梦，勇夺金牌出亚洲。亚洲明日开新宇，四海五湖民作主；欧风美雨任纵横，昆仑山有擎天柱。灯火阑干海印桥，宛欲弯弓射大雕；射大雕，兴未消，归来尚觉江流转，仰看明月自逍遥。

[一] 二沙头为体育训练基地。

水仙花咏

火树银花夜未央，岭南淑气压严霜；东风又剪千门柳，一路摇情到五羊。昨夜五羊花似海，红飞绿醉金镂采；不买繁华买水仙，盈盈一捧春常在。爱他剑叶斩轻寒，去浊扬清照石栏；莫道梦回神影淡，春尖才动为家欢。娉婷窈窕身如玉，吸风饮露蛾眉绿；何须甘脆与浓肥，清水一泓心意足。水光滟滟石光浮，叶映霜盘翠欲流；鹅卵蟠牢根结砥，阴晴冷暖自悠悠。悠悠颤颤苞初放，嫩蕊飘黄抬眼望；无言脉脉水云间，江山处处春骀荡。高擎双盏报春来，蘸露冲寒次第开；花自芳菲香自远，由他喧闹陇头梅。陇头恰遇谁家老，手掬水仙春在抱；跃马曾催万里红，筹谋曾种千斤稻。开天辟地大功成，万壑千川入眼青；林下水湄香寂静，报春花树岂图名？过了元宵春渐晚，流光带湿将花浣；儿童收去水仙盘，却道水仙香未散。柔情似水说花神，玉萼虽回岁月新；花街一任群芳妒，明年春节又迎君。

龙舟吟

海珠夜涨三江水，荔子初红蒲柳翠；忽闻端午赛龙舟，轻车直过沙头咀。沙咀鱼龙搅战裙，健儿攘臂志凌云；临江笑酹难黄酒，看我飞舟夺冠军。江上龙舟前后列，躐波振鬣银牙啮；五月骄阳气欲蒸，浪涌心头连血热。赤帜飘飘拂岸边，阵云漠漠罩船舷；平地雷霆施号令，一声金鼓动山川。山川万里龙张翼，昂首冲天如箭直；飕飕飒飒桨斜挑，划破碧波齐努力。前波翻滚后波推，处处瞿塘滟滪堆；河道应知如世路，暗礁激水遏船回。回流喧湍青山坳，龙舟险困污泥淖；侧桨横身左满舵，斩断狂澜剑出鞘。小龙腾跃浪花中，老龙挟雨上苍穹；白龙长啸鳞披雪，黑龙怒跳尾掀风。潭心过了齐冲线，高喊加油追闪电；夺标归去兴悠悠，父老村头开夜宴。宴罢登楼各赋诗，投诗入水问蛟螭；一自楚臣沉沙底，几多赤子盼明时！月涌星河天未曙，龙舟静泊荒江渚；海风吹梦过衡阳，竟入汨罗烟水处。迷茫烟水月徘徊，俨若诗魂蹑浪来；泽畔行吟《天问》句，又把菖蒲细细栽。菖蒲似剑祛邪厉，插在心头香满袂；清气长留海宇澄，岁岁端阳歌盛世。闻道如今渐小康，寄语诗人放眼量；江流若顺东风举，神龙飞瞰太平洋。

春雨谣

霜风渐歇晚霞铺，细草泥中梦欲苏；陌上轻寒吹未散，阶前春雨腻如酥。今年锐意兴农业，云耕雨播开新页；联产承包种福田，稻米流脂香满颊。去秋水涸乱云飞，翠减红稀稗子肥；泼火残阳蒸垅亩，抗旱军民戴月归。驱除旱魃休辞累，凿堑开渠争戽水；吃饭如今尚靠天，相期处处兴科技。墨脚笼山雨意酣，湿云漠漠渗寒岚；须臾岭顶轻雷起，渴吻群蛙乱跳潭。潭鱼喋喋出波面，浮嘴啜珠追雨线；忽惊掉尾水荇牵，泼刺一声看不见。疏林斜挂电光长，雨挟微曛扑短墙；滴滴涓涓春寂寂，溶溶曳曳野茫茫。迷茫暮色凝如乳，飘丝淅沥敲窗户；翠湿苔花树有痕，谁浇甘露润斯土？夜半春催杏子红，光流彩溢水云中；梨花澹荡三更雨，柳絮飘摇一笛风。餐风饮露泥初绿，蚯蚓蜿蜒犁紫玉；肥雾沾春化作油，家家都唱开耕曲。隔苑小犬吠春星，阴霾消散雨新晴；一洗天河开曙色，牵出猕猴贺岁平。预卜猴年收美穗，儿童喧嚷看猴戏；白毛猴子跳加官，晃脑搔头摇犬髻。鼓歇锣收戏散场，村前老少各飞觞；雨滋露润心先醉，九穗禾生国运昌。国运昌，民寿康，初阳冉冉照东方；任它沧海云涛卷，我自横天万里航。

虎门吟

大虎峥嵘对莽苍，海鸥低掠水茫茫；万里云涛奔眼底，八方樯橹汇珠江。江堤矗立红棉树，戟指碧空如铁铸；栖鸦静听往来潮，虬根销蚀风和雨。风雨飘萧逾百年，林公遗像倚云肩；凝眸尚记销烟处，勒马横刀叱贼船。贼船炮甲夸坚利，嘴爪骄矜无所忌；罂粟花开妖雾来，吮我脂膏侵我地。百粤军民奋臂呼，头颅抛掷击狂胡；因义生愤愤生勇，刀斧锄耙蘸血污。谁料清廷如腐絮，战功都付东流水；伶仃洋上浪滔滔，中间多少神州泪。百载神州岁月新，玄渊龙跃转乾坤；五洲四海齐翘首，争说珠江是巨人。珠水映霞朝复暮，无边春色铺前路；琼楼玉宇傍江干，柳拂旌旗开晓雾。雾里楼台处处歌，明珠璀璨舞婆娑；一曲红绡不知数，风清云淡赋祥和。和衷共济休迟滞，机遇难逢纵即逝；若恃金瓯醉太平，粉脂销蚀英雄气。请看古垒没蒿莱，滩前遗镞野花开；刎颈将军眦欲裂[二]，血痕犹在钓鱼台。如今尚有波澜作，密雨斜侵风转壑；扬帆千里稳操舵，一路长歌敲警铎。声声警铎说兴衰，振鬣腾飞信可期；河道应知如世路，前事不忘后世师。岸阔晓星垂绿野，江山正把新图写；车如流水马如龙，胜利归于开拓者。大虎昂藏小虎蹲，珠江蓄势作龙盘；倚剑扬眉看世界，东方旭日照天门。

［一］关天培在虎门抗英，以身殉国。

花城灯月咏

春风初绽海云晴，闪烁天南数点星；微月鹅潭光潋滟，玉楼箫鼓五羊城。羊城满路香馥馥，雪是腊梅金是菊；桃蕊枝头照眼明，水仙盆里蛾眉绿。看花乘月踱长堤，参差凤阁缀虹霓；红蓝黄白青橙紫，光飘蜃气与云齐。举头忽见灯如霰，银花檐底穿金线；万点琉璃挂碧梢，一天星斗铺香殿。殿里嫦娥韵最娇，飞声玉笛立交桥；桥盘三叠车如水，串串流光射晚潮。灯影渐随人影静，弦歌楼上声初定；海红帘卷月徘徊，澹荡天心澄似镜。独立江桥有所思，寒云曾见压城时；南风吹散千堆雪，万里河山尽展眉。人间都说春光好，只怕春光容易老；谁料乾坤一转丸，才送春归春又到。春风吹到胆瓶梅，万紫千红次第来；莫道夜阑苞未绽，明珠璀璨照花开。春在岭南开向北，花趁马蹄声得得；遥知灯火满长安，十里通衢锦绣织。织成乐韵祝时清，迎春儿女最多情；装点江山无限美，年年灯月映花城。

春潮曲

白云山下雨飘潇，翠缕新裁嫩柳条；玉笛辈声灯影动，半潭眉月涌春潮。春潮带雨晚来急，浪拍船舷衣尽湿；潇洒乘风走一回，遮头不用蓑和笠。五羊儿女趁潮头，独立苍茫望五洲；浪里奔腾回阵马，风前出没舞轻鸥。潮去潮来朝复暮，云旗雷鼓应先渡；莫使征帆左右摇，辜负神州春满路。闻道钱塘气象新，春潮夜夜过淞申；粼粼碧水沾飞燕，冉冉晴光转绿蘋。蘋花铺绣浦江口，知是天公重抖擞；广厦连云涌似潮，乾坤扭转凭谁手！谁将潮水送辽西，自在春莺恰恰啼；长白山头花簇簇，黑龙江畔草萋萋。好趁早春云出岫，玉是高粱金是豆；如今北国未消冰，凭君善舞舒长袖。春潮又见涨澜沧，洱海滇池引凤凰；明月映波闻象鼓，竹楼款客饮琼浆。楼外潮连新、马、泰，炎方水暖千帆快；榴莲香惹曲江头，宝货亲情船满载。载将春色到人家，桥边父老话桑麻；岁月不居由逝水，江流总有浪淘沙。沙泥混杂随潮去，几处漩涡卷败絮；泛起沉渣意料中，乱流难阻鲲鹏举。云开雾散晓山青，雪浪摇金海气蒸；今日东风如箭发，高帆扯满听潮声。听潮声，不须惊，神龙振鬣起雷霆。起雷霆，意未平，江山赤子此时情；会当掀水三千丈，一洗沧溟万里宁。

迎春扫屋吟

岭外风来海气舒，吹到红梅第几株？儿童笑说寒将蜕，户户迎春大扫除。扫除声里歌相应，片片琉璃光映镜；你掣霜锋削败枝，我持云絮抹天顶。剔除蛛网掠尘埃，填平花径铲苍苔；老母扶墙清角落，娇儿挑水浸楼台。抬头忽睹蟑螂穴，攀梯急补墙头缺；横挥浆垩走龙蛇，一片粉光明似雪。摊开锦被曝冬阳，翻箱倾箧照罗裳；汗沁眉头人中酒，暖留心底玉生香。迎春去秽成风俗，岁岁羊城都扫屋；门黏福字喜洋洋，户对夭桃香馥馥。搬凳爬橱检旧书，细拍封皮赶蠹鱼；才恼蛀虫伤卷帙，且怜今日得宽余。蛀虫何止书中有，高楼画阁藏污垢；若无铁帚洗天河，千里金堤终溃漏。漏卮不堵恨无穷，民血民脂养蛀虫；烈士头颅千万颗，枉掷东洋大海中！劝君抡帚手休软，洗罢前庭清后院；电扫虫蛇斩腐根，黄河珠海澄如练。君不见，春鼓鸣，神京昨夜起雷霆；密云已布风应骤，一扫江山万里晴。

香港回归咏

洪波涌日气涵丹，雪卷云崖浪似山；屈辱百年随水逝，放歌万众捧珠还。还珠今日开新纪，紫荆花映红旗美；巨人挥手动乾坤，顽者惊雷懦者起。拂衣凝望鲤鱼门，曾见鲸鲵舐血盘；罂粟花开笼妖雾，剜人骨肉蚀人魂。当年泪尽胡尘里，四顾凭谁说公理！弱国何曾有外交？虎门战骨埋残垒。世事悠悠几度春，故园风雨历艰辛；岭南儿女经纶手，锦绣堆成列海滨。海滨宝气冲寥廓，复道纵横连凤阁；玉宇千层映绿波，彩虹万道垂缨珞。万国衣冠聚港湄，银涛叠叠小龙飞；振鬣长鸣通四海，吐纳奔腾舞夕晖。昨夜天声撼九霄，落英残絮顺潮飘；神州不放金瓯缺，完璧归来块垒消。百川汩汩归沧海，海不扬波春不改；依然红袖舞蹁跹，凭君骏马蹄飞彩。彩云冉冉傍谁家，一院芳菲两树花；万象包容天宇阔，无边春色在中华。中华处处张怀抱，香江更觉风光好；五岳撑扶步步高，横波一览千山小。山外荆花树树红，迎阳嫩蕊尽朝东；远看云拥尖沙咀，竞发千帆趁好风。风霜雨雪寻常事，离合悲欢俱已矣；同舟共济稳操舵，驶进炎黄新世纪。独立苍茫有所思，谁能攘臂换旌旗？有人头碰长城斥，始信神龙不可欺。历史无情惊客梦，神州喜赋回归颂；曲成掷笔意犹酣，豪气一腔和泪涌。吐气扬眉世界殊，回归同庆舞红氍；北京城上灯如海，光照骊龙颔下珠。

买桔行

三冬人在嫩寒中，岭上轻云柳上风；淡月留痕霜欲褪，春阳又到小楼东。楼外梅枝红渐吐，马龙车水春来处；买花儿女喜洋洋，一路莺歌绕烟树。买了水仙买剑兰，桃娇菊醉倚栏杆；吊钟银柳苞成串，待放天香伴牡丹。人爱鲜花我爱桔，一盘根惹土花碧；虬枝茁绿任纵横，叶影婆娑深浅色。浅青深黛树生辉，翡翠涵光玉一围；点点白花开似霰，暗香幽远沁春泥。枝头又结累累果，日照千株红胜火；绚烂园光映画堂，软珠腻玉

黄金裹。儿童看桔笑嘻嘻，拍手娇嗔侧眼窥；摘去几枚藏袋
里，回身爬地扮乌龟。小龟咬桔连皮核，努嘴龇牙酸兀兀；爷
娘姑舅乐弯腰，抓住偷儿暂不罚。细描福字贴青盘，彩缕纷披
挂树端；金果珠灯光掩映，春生庭院合家欢。闲中信步乘佳
兴，问树访花沿石径；忽遇陈村老桔农，耕耘半世身犹劲。田
间耘罢复沉吟，指点桔场遍地金；喜里带忧缘底事？今年冬
暖怕虫侵。大小蛀虫贪且狠，钻心啮叶伤根本；前番血汗付东
流，徒拾枯枝成一捆。农药急施射蛀虫，罗天网地挽长弓；扫
穴犁庭齐动手，虎年应似虎生风。一语如雷惊客梦，桔农心事

千钧重；虫多若作等闲看，硕果繁花终断送。归来对桔月微黄，更觉桔中韵味长；隔院闻筝思剑舞，明朝待唱『满庭芳』。

春夕围炉曲

淑气将回云冉冉，隐约城头春电闪；黄昏冻雨尚吹寒，滴破梅苞三两点。梅蕊开时骨沁香，群芳次第舞霓裳；花农岁岁欺霜雪，列锦长街几百行。雨后街头风瑟瑟，呵寒搓手选金桔；冷香盈袖接春来，暖在心尖甜在骨。骨肉团圆笑语多，迎春邀醉乐呵呵；桔果累累金照眼，收拾寒威吃火锅。当厨细脍肥牛肉，脆鲩腥香飘满屋；豆腐新磨嫩嫩脂，芥蓝翠滴青青玉。拌了虾丸摘短蒿，斩开鸡块擘鲜蚝；你斟绿蚁新醅酒，我捧红泥小火炉。老少围炉春意闹，汁汤又放鱼皮饺；锅心水沸浪花翻，一屋彩霓香欲罩。祝酒先干第一盅，炎黄同愿运昌隆；亚洲经历风和雨，叱退阴霾口正中。美酒盈盈斟二度，共期新纪开新路；神州安定气如虹，再奋征程追玉兔。玉兔东升细乐催，陶然同醉第三杯；筋力精神龙与马，好趁春风再夺魁。炉火熊熊人似玉，儿童拍手歌金曲；奶奶笑口绽芙蓉，灯前照个全家福。屋渐生春夜渐残，酒酣舞剑兴阑珊；斗转星移思冷暖，蓦然回首楚天宽。去夏长江掀浊浪，军民幸把黄龙降；救灾四海誓同心，尚恐有人依幕帐。幕帐沿堤路已冰，天涯想象雨中灯；炉边欲寄羊城暖，起坐徘徊百感生。

珠水春堤曲

微月留痕海印西，嫩烟笼翠鸟初啼；羊城天泛鱼鳞白，信步春风十里堤。堤畔有人搓太极，长须冉冉飘银色；金鹏亮翅耐霜寒，老树盘根照水碧。收拳凝虑气长舒，指点江头有旧居；去岁拆迁通道路，今朝起舞在新衢。新衢车马如流水，绿柳婆娑起看栏杆白石凝暮紫；闹市逍遥石凳闲，鹅潭坐听笙歌起。堤长，夹江绵亘月昏黄；摩挲俯仰看云变，意气连波入莽苍。倚栏但愿边情侣相携手，细语喁喁如中酒；春水一江日夜流，人长久。滨江又见草茸茸，一队儿童逐晚风；呖呖乳莺飞款款，笑声催趁夕阳红。红灯盏盏连楼阁，飞彩流波光闪烁；金缕银珠照夜滨，恍如江上浮璎珞。堤接长虹卧水波，立交斜绕势巍峨；上下钩连环市路，盘旋树杪到天河。老翁踯躅珠堤上，情思忽似春潮涨；曾记江干结淤泥，狼藉污泞风不畅。浊气初沉爽气升，全局筹谋眼渐明；常知后浪催前浪，更把新城改旧城。年来小变连中变；蓝图省识春风面；珠江说与后来人，谁垒新堤绕芳甸？芳甸迷蒙浸月华，行人堤岸买鲜花；眉梢眼角沾春意，都说羊城是我家。我家堤树开浓绿，独惜堤边水尚浊；何时疏浚母亲河，清涟照见人如玉。悠悠江水待清时，世路排污仰大旗；神州新纪开新运，尽醉春堤共赋诗。

律与绝

湘行三首

衡岳

衡岳峙中天，谁堪与比肩；千峰罗眼底，一寺倚云边。岭外秋风绿，松间旭日圆；回身麾雁阵，飞绕祝融巅。

张家界·黄狮岭

石骨凌霄立，峰头老树斜；疑他天作镜，照我笔生花。日出云飞彩，溪横水泛霞；秋风和绿韵，吹梦到仙家。

桃花源

五柳今何在？沿溪问武陵；衣冠犹古朴，仓廪渐丰盈。菊醉知秋意，禾香接晚晴；独怜山外鸟，常有不平鸣。

增城访荔

初到清凉界，怡然块垒消；苍山榕叶岸，碧水荔花桥。绿挂留春韵，丹涵满嫩条；何须三百颗，一啖自逍遥。

访泰国见闻

湄南河夜泛

临流酒一杯，倚棹看瑶台；出没轻帆舞，奔腾阵马回。舟随波上下，心共月徘徊；湄水秋涛绿，传情到陇梅。

参观清迈双龙寺

梵殿角峥嵘，龙吞四面风；金澄山外寺，云动晚来钟。佛影真犹幻，禅心色是空；拈花微笑处，几次杜鹃红。

清迈宴中跳土风舞不慎摔倒

兰轩古帝栖，银鼓伴娇啼；跣足金莲步，束腰白玉围。对歌翻素手，一笑失前蹄；莫说红毹软，迷花只自迷。

经清莱美人山，山如人卧

月照美人眠，云拖紫玉肩；花繁留客住，水绿惹情牵。仿佛春无那，分明石凛然；世间长短梦，一枕万千年。

拍他耶观『人妖』演出

一

观舞海之干，莺歌绕暹湾；眉尖愁里结，足大笑中看。娇辨黄金缕，斜偎白玉栏；曲终人渐散，花影照灯寒。

二

观舞拍他耶，歌随玉体斜；胸酥争半露，喉突未全遮。傅粉光如雪，摇身颤似蛇；可怜娇作态，看客半咨嗟。

送日本友人

羊城柳色青，仙客返东瀛；鸡唱三更早，鹏飞万里程。诗心曾析辨，茶道细斟评；何日樱花路，重温未了情。

邓世昌百年祭

一

古柏环苍冢，明湖一镜开；波留辽海月，魂绕望乡台。肝胆甘涂地，关河历劫灰；长风来万里，慷慨有余哀。

二

遗像立云肩，千秋尚凛然；横眉寒敌胆，裂眦跃玄渊。壮士拼齐死，将军不独全；年年沧海日，铸血照中天。

三

弹药多喑哑，将军杀敌难；苟不诛墨吏，谁与挽狂澜！浪死三千士，空怀一寸丹；从头翻恨史，灯下发冲冠。

四

百年申国耻，酹酒诵英名；星斗光祠庙，旌旗拂殿楹。河山千劫在，生死一毫轻；今日军威壮，烟波万里平。

长江水灾有感

一

闻道长江水，咆哮欲撼天；狂流崩屋角，骇流压堤边。挟彼千钧力，摧人万顷田；朝朝望荆楚，十指痛相连。

二

血肉筑长城，防洪子弟兵；踊身拦浪啮，并臂挽天倾。风雨连肝胆，军民共死生；时危节乃见，一一记丹青。

三

人在堤围在，同栽『生死牌』；坝穿抛乱石，管涌插茅柴。抢险千军上，攻坚铁阵排；泥泞深陷处，壮士立崩涯。

四

中原一夜雨，江水压千村；浊浪惊横卷，苍生忽倒悬。救灾如救火，需药又需船；战士扶童叟，冲危出断垣。

五

千里风波恶，肠牵去复还；巡江情澒洞，忧国泪阑干。百姓怀心坎，将军拥臂弯；知君肩负重，珍摄拯时艰。[二]

六

天灾难逆料，祸患岂无因？树砍沙泥失，官贪酒肉频。漏卮如不补，堤决必常闻；痛定应思痛，临渊斩腐根。

七

血更浓于水，亲情感万方；下岗犹义卖，捐款各倾囊。尽我心和力，供他药与粮；灾痕明日过，村舍换新装。

[一] 时朱镕基总理视察长江水灾。

看法国足球世界杯有感

一

荧屏半夜明，指点看球星；几个光头汉，一批铁脚兵。入场雄赳赳，对阵冷冰冰；银哨尖鸣处，四座起雷霆。

二

场上国歌声，扪胸自有情；肌肤分黑白，头角各峥嵘。热血腾人浪，豪情入杳冥；独怜今夜月，不照汉家营。

三

流星天外落，狮子猛摇头；短吊飘风雨，长传射斗牛。巴乔刀未老，双萨箭难收；飞越千山险，凌空一脚抽。

四

铁马纷驰骤，狂风卷怒潮；中场惊破绽，后阵觉飘摇。『黑豹』才奔插，『秃鹰』忽放刁；解围凭大脚，抱袖自逍遥。

五

男女皆颠倒，喧呼意欲迷；眉头添彩缕，帽上戴雄鸡。怪我心如鼓，羡他醉似泥；若能圆好梦，涂脸上巴黎。

六

韩日伊沙队，纵横铁塔前；彼军虽铩羽，粤客已垂涎。南美桑巴巧，中欧钢阵坚；何时磨砺起，冲出亚洲天！

七

胜败虽常事，仍连辱与荣；若凭钱左右，难免恨纵横。廿载神州梦，千家父老情；盼君知任重，为国作干城。

悲汶川

一

汶川大地震，举国尽惊心；风吼天摇动，山崩石陷沉。屋摧家忽破，儿失母难寻；骨肉知连痛，肝肠攒乱针。

二

总理奔前线，千军救险危；指挥思解困，昼夜已忘疲。奋臂安天下，含悲慰小儿；容颜看渐瘦，赤子寸心知。

三

万里传军令，飞星过险关；灾情急似火，人命重于山。或在云中落，即从涧底翻；时危节乃见，崖陡往前攀。

四

救死入荒乡，垣颓搜折伤；齐心翻断石，赤手挖污墙。指甲淤泥血，苍生陷雪霜；废墟存一息，奋力起危亡。

五

救出泥中女，千人共鼓呼；埋深知力尽，情暖觉心苏。喜上喂汤水，轻扶盖被襦；急闻需献血，飞步往前趋。

六

沉埋天日黑，忽觉眼前明；喘息魂还续，感恩涕欲倾。家乡成碎砾，祖国有亲情；性命知珍惜，坚强过此生。

七

娇儿失父母，四处唤爹娘；泪尽成枯眼，声闻已断肠。抱来还哺乳，背起为添裳；力倦魂初定，哄她入梦乡。

八

噩耗传荧幕，灾深震四方；含情输热血，排难解钱囊。十指连心肺，千家送药粮；举头待明月，天佑我炎黄。

九

默哀垂泪眼，肃立对红旗；细雨由它落，苍天为我悲。愁云笼海宇，大爱启心扉；今岁多磨难，明朝看怒飞。

十

有情天亦老，抹泪喊加油；民气惊山岳，悲风绕海陬。罹灾虽断骨，忍死不低头；多难兴邦国，雄起是神州。

凤先飞

看美国世界杯中国女足比赛有感

一

绿茵擂战鼓，华夏凤先飞；问鼎跨东海，登峰舞大旗。全攻秋水涨，回守阵云迷；冷箭忽飙发，哎哟只中楣！

二

银笛一声响，三军气似山；凌空腾健步，淌汗湿红颜。斜吊流星落，短传粉蝶翻；闪身惊脱兔，怒射斩雄关。

三

足球原小事，颠倒异乡人；跺脚闻雷响，欢呼带泪痕。解围曾捏汗，突破乍惊魂；拥簇红旗下，加油听最真。

四

横飞洛杉矶，千里赴戎机；壮志今如愿，英姿不可欺。刚柔兼练就，甘苦寸心知；妹妹往前走，哥哥合反思。

五

胜负寻常事，顽强最可风；任君高似塔，看我势如虹。磨砺勤生巧，盘弓劲且雄；恐韩闻有症，女足是郎中。

六

海宇扬威处，神州喜欲狂；凝眸看映像，翘指说姑娘。金鼓迎环珮，鲜花引凤凰；潜龙何日壮？腾起与翱翔。

澳门回归有感

一

镜海鱼龙舞，莲花向日开；彩云铺巷陌，赤帜起楼台。曾恨珠沉失，今看风引回；葡萄佳酿熟，握手醉千杯。

二

百年漂泊苦，梦里唤娘亲；涕泪留心坎，风霜铸血痕。举头望明月，屈指盼归根；此际关河丽，儿寒母抱温。

三

绿榕连雾锁，矗立大三巴；凹眼风前像，蛮腰镜里花。高垣归汉土，断壁渗胡沙；忽睹旌旗舞，弦歌送暮鸦。

四

濠江岁月新，秋草绿茵茵；白鸽知巢树，红毛尚有坟。东西通謦欬，南北聚风云；今日延佳客，神州是主人。

五

胸襟谁广阔，谈笑定烟尘；依旧呼卢雉，凭君逐舞裙。潮流由进退，枝叶自陈新；迈步应平稳，园生两树春。

六

天涯妈祖庙，尽日满幡风；凤阁依裙底，苍生在眼中。伫看三地隔，常梦九州同；愿把虹桥架，河山血脉通。

七

国弱家难聚，殷殷盼富强；云鹏才举步，沧海放荷香。游子归怀抱，同胞感肺肠；横空连羽翼，俯瞰太平洋。

『春运』返乡

一

神州春气动，万众尽奔驰；北上知亲念，南来慰梦思。举头看远树，屈指数归期；千里乡关路，牵情到海湄。

二

买票人排队，蜿蜒势若蛇；乡音邻处起，灯影望中遮。只求归易得，不管日将斜；心煮唇添渴，清泉呡一些。

三

夜寒春节近，奋力攒微资；汇钱交学费，缩食买妻衣。锱铢含血汗，涓滴系欢悲；望眼穿秋水，工薪发莫迟！

四

车里尽民工，年年雨露风；砌砖尖顶上，裁布闷楼中。僻埌输劳力，通衢改旧容；小康今在望，为汝记新功。

五

一年辛苦后，挤拥上车厢；坐定眉头展，饥来盒饭香。相逢虽未识，作伴好还乡；路远知牵挂，手机告老娘。

六

满座人如叠，车厢服务忙；才扶翁妪臂，又捧妇孺汤。去秽勤拖地，添衣助启囊；腰酸襟汗滴，微笑倚窗旁。

七

岁末人潮涌，车轮带翼飞；穿梭来复往，执手聚还离。千里鹅毛重，一框电脑奇；兴家凭讯息，馈赠启心扉。

八

青山迎熟眼，车站满乡音；兄弟攀高唤，婆姨拨众寻。酬神燃爆竹，款客宰家禽；辗转来千里，平安抵万金。

九

华夏重和谐，千村酒席排；插花催淑气，守岁上歌台。拱手欣添寿，举杯贺发财；明年『春运』到，又带彩云来。

清明

一

扫墓清明节，驱车细雨飞；鲜花陈案上，疏柳插门楣。酹奠三杯酒，摩挲一段碑；容颜犹在眼，风木有余悲。

二

热血酬邦国，花环献墓园；灵风飘白日，青冢绕长垣。百姓怀忠烈，千秋勉子孙；丰碑云外立，岁岁傍英魂。

三

捧出骨灰盒，低回拜祭场；唤儿分胙肉，挈妇献心香。追远情千缕，思亲泪两行；深恩难反哺，遗恨入微茫。

四

挥锄芳草地，植树寄哀思；浇水滋新壤，添肥剪旧枝。今朝苗稚嫩，明日叶葳蕤；临去三回首，斜阳映翠陂。

五

血脉常华夏，重传统，清明更感恩；一天红杏雨，三月杜鹃魂。追念，泉源自衍繁；长河波浩淼，万古接昆仑。

悉尼奥运杂咏

一

执手嘘风舞悉尼树，神龙越赛场；银花天内外，火炬水中央。寒暖，争锋论短长；相逢勇者胜，威震太平洋。

二

白羽千钧重，蛾眉斗马丁；斜挑翻兔鹘，直劈起雷霆。折桂英雄气，加油父老声；金牌和泪捧，湘女最多情。

三

乾坤摇动处，力士气掀山；举鼎云中立，簪花月下还。红旗升冉冉，热汗滴斑斑；回首崎岖路，丹心映剑寒。

四

举枪凝望眼，沉稳是黄金；百步穿红靶，千山报好音。腾欢江汉水，平淡女儿心；自信方为勇，功夫日日深。

五

跳台双臂展，碧水照明霞；独立风头静，翻身燕子斜。凌云惊坠叶，插浪压飞花；池底飙凫影，金牌落哪家？

六

报国心无憾，扪胸对凯歌；豪怀双泪涌，宝剑十年磨。筋骨留伤记，青春逐逝波；人生几回搏，岁月未虚过。

七

跃马长驱处，功亏一篑间；无言知重创，有泪不轻弹。胜负寻常事，辛劳且自宽；从头收拾起，明日再登攀。

八

两韩共举帜，抖擞立秋风；星斗看携手，山川尽动容。恩仇一笑泯，血脉两相通；回眸问海峡，何日九州同。

收视朱总理报告有感

一

送君归远浦，百姓动离情；鼓掌春雷震，弦歌热泪倾。奇功垂广宇，锐意破坚冰；十载辛劳后，朝霞静处生。

二

攻坚不顾身，雷阵任横陈；语出惊天地，功成泣鬼神。丹心存一寸，铁臂挽千钧；双鬓艰难白，终迎满路春。

三

尚记波涛恶，奔崩欲压城；巡堤心澒洞，忧国泪纵横。铁面斥贪佞，微薪赠妇婴；江流千万里，汩汩有余情。

四

寰宇经行处，泱泱大国风；片言消惑虑，一笑拨顽聋。星斗胸襟列，江山顾盼中；铿锵申正义，华胄气如虹。

五

金融风暴险，帷幄运筹深；废寝思忧患，宏观越古今。大刀连阔斧，剑胆与琴心；跨跃雄关后，神龙举世钦。

六

竖眉眦欲裂，拍案斩污芜；丧胆神奸遁，知春细草苏。冰清澄海宇，血热写新图；山静风回謦，如闻奋臂呼。

七

雪夜观《商鞅》，前驱裂险途；扪胸潮起伏，拭目泪模糊。青史留车辙，冰心在玉壶；已将身许国，岂惜掷头颅！

八

两袖挹清风，廉声满域中；敞怀秋月白，建树夕阳红。刚节知高格，柔情系老农；夜深难阖眼，僻壤有哀鸿。

九

岁月惊飞箭，神州渐小康；绿芜花锦绣，金殿玉辉煌。改革方针正，文明道路长；送君天亦老，北望寄心香。

贺高兆兰教授从教六十周年

巾帼真豪杰，菁莪教泽长；电光研奥妙，兰芷吐芳香。磬欬成珠玉，栽培出栋梁；岭南风物好，老凤尚翱翔。

贺李材耀先生从教四十周年

堂畔青青柳，深笼仲与昆；诗书连血脉，冰雪励精神。化育三千士，耕耘四十春；惠风今日畅，桑梓挹清芬。

喜读万伟成学弟《酒典》

万生能说酒，落笔泻千言；舞剑曾无地，研经别有天。引觞生妙韵，煮字对寒烟；旷野看驰骋，嘉君早着鞭。

岁晚偶成

岁末聿云暮，忽惊鬓脚斑；世情经冷暖，意兴渐阑珊。风静人初寐，星低夜欲残；梦回嗟路远，一步一艰难。

赠日本笹川基金会片山君

天宇连沧海，寰球弟与兄；育材无彼此，奖学出精英。珍重千秋业，嘤鸣万里行；高风催嫩蕊，花放五羊城。

自题《俯仰集》

乾坤俯仰间，吟啸一瓢足；纪盛偶雕虫，读书常绕屋。徘徊云伴影，谈笑风生竹；草色尚青春，东篱未采菊。

赠保成弟

玉轮长在眼[一]，掬影盼传承；风义兼师友，炎凉见浊清。掷杯肠易断，临事气宜平；翘首烟波路，朝阳静处生。

[一] 季思师书斋名『玉轮轩』。

中大中文系学生售旗募捐

登高引吭售旗忙，『修我长城振我邦』；含泪老翁开荩箧，热肠海客献瑶珰。书生浩气冲云翳，赤子丹心傍女墙；处处康衢声似沸，情思激越溢珠江。

鼎湖山飞水潭

鼎湖飞水落寒潭，树老苔深绿正酣；拾趣遥看生紫电，忘机对坐浣青衫。涧心云影临粧镜，林外钟声聚翠岚；借问归来双乳燕，几多秋韵入诗篮？

白云山远眺

九龙泉上晚风清，杳杳群峰列画屏；竹里闲行听过雁，山前对坐看初星。珠江远浦浮秋野，景泰疏钟落古亭；回望天南灯影动，玉楼箫鼓五羊城。

春雨晚霁

流光带湿软飘纤，澹荡如烟渐入帘；细草最知春雨润，老枝尤爱晚风甜。云翻岭外虹飞彩，泥绽楼前笋吐尖；放眼青阳催淑气，江山万里百花添。

阳朔

阳朔风光秀复奇，一湾秋色绿琉璃；云停凹岫山如梦，露挹苍苔石作旗。拔地虬松迎客棹，浮江寒玉溅渔矶；多情最是烟和雨，脉脉依人入翠微。

哭刘君

一

望柩皆垂泪，长眠盖党旗；轻生何太忍，瞑目尚含悲。宦海千寻浪，残生半局棋；艰难谁与说，一死决狐疑。

二

曾怀鸿鹄志，勤勉更亲民；雪骤巡村宅，风高到海滨。政声人去后，毅魄怨谁申？六月飘潇雨，沾衣是泪痕。

三

病妇呼天号，慈亲尚在堂；娇儿肠欲断，挚友泪盈眶。往事愁千叠，浮生梦一场；徐徐哀乐起，送汝入苍茫。

四

师生情义重，更托教娇儿；敬我酒三盏，还君泪满颐。苍天真太酷，尘俗岂知痴！拍遍栏杆后，哀思托梦驰。

游阳朔后即返广州

满目空灵处，轻车过桂林；盈盈春水慢，漠漠晓云深。神骏来天外，清江绿我心；繁嚣今夜到，仙境梦中寻。

恒义来穗有赠

南飞千里雁，廿载友生情；义重金兰诺，心清玉宇澄。搔头惊岁月，执手说阴晴；相照肝和胆，秋光满绿庭。

探病有感

仰天祈祷望扶危，日日悽惶看病妻；事到艰难方悔悟，命同生死共提携。惺亭曾记鸳鸯并，弱体终能福寿齐；千尺雄关跨步过，老颜相对笑迷迷。

朔方木塔

沉雄木塔倚晴空，千里云山四望中；乳燕低回芳草地，绿杨轻曳落花风。朔方旷野寻飞雁，百粤狂生欲挽弓；不见牛羊归塞外，满街竟是舞灯红。

云冈石窟

层层石窟倚云冈，俯瞰河山入莽苍；法相庄严开气象，禅心寂静任兴亡。春花秋叶随流水，铁马金戈过戏场[一]；唯有艺珍传不朽，贯通玄妙与天长。

[一] 云冈石窟前有古戏台。

赠来访台湾诗友

羊城烟水汇风骚，海峡情思逐浪高；四顾关山连血脉，一挥珠玉落霜豪。传笺共约留春影，把袂休辞醉绿醪；更盼月圆波欲静，与君肝胆照秋涛。

寄竹三并呈京中校友

一

忆昔同耕到虎门，壮怀狂觉海天宽；晨兴挑粪流酸汗，午歇牵牛靠短垣。跃进翻知成笑柄，艰难未必误儒冠；何当剪烛西窗雨，执手应惊发已髡。

二

玉树燕山高兀兀，狂生江畔鬓星星；沙鸥掠岸知春暖，枫叶经霜待晚晴。举目彩霞生粤海，感恩芳草绕惺亭；京华师友如相问，云在青天水在瓶。

游普救寺戏题

迢迢千里访西厢，草色花光照粉墙；三晋雄风回秀气，五羊游侣忆华章。当年老衲怜才俊，今日狂生看佛堂；也欲攀垣成一跳，春心难系柳丝长。

寿山西黄竹三教授

五台钟磬送清凉，绕寺停车探野芳；宝象巍峨开境界，新篁俊秀傍门墙。邀题顾盼留芜句，论剑纵横说戏场；更捧清泉盈手赠，介君寿眉与天长。

敦煌路上

西风卷地响流沙，袅袅驼铃引暮鸦；并辔知难空泗泪，举头求梦到天涯。愁霜惹鬓人应老，冷雾笼山月欲斜；惆怅侬心连驿路，凭君践踏乱如麻。

龙山寺

鸿雁长飞光不度，何曾月下与花前；举头云树三千里，屈指星霜十二年。世路悠悠难并辔，愁心漠漠漫调弦；梦魂忽过龙山寺，清泪无端落枕边。

清平路即事

清平市集笑声舒，议价论斤问所需；嫩鸭昂头邀顾盼，鲜虾跳脚落襟裾。飘香大蒜挑盈把，染醉娇桃载满车；诗兴一筐和菜挽，如今不叹食无鱼。

珠江口怀古

横眉两虎锁珠江，野色连波入莽苍；旧垒披霜秋藓老，断垣浴日海云黄。硝烟壮士魂何在？沃血荒原土尚香；今日神州惊拍案，鹘鹰休放旧时狂！

杜甫草堂

雨浣飞花落翠池，铅华尽洗草堂诗；绵绵句字苍生泪，滚滚江流故国思。蜀道曾传亲卖子，锦城今喜米流脂；若使少陵重搦笔，当写春云欲展时。

过武侯祠

森森古柏武侯祠，叆叆烟云惹梦驰；若顺民情承汉祚，岂教城上树曹旗！鞠躬尽瘁诚堪表，积重难回恨已迟！千载陇原风转鍪，犹闻骏马仰天嘶。

贺《南方日报》扩版

天章播远添新页，改革雷霆动九皋；宇内阴晴连素抱，苍生謦欬聚霜毫。裁花共约春留纸，芟秽不辞墨泼刀；伫望南方张凤翼，东风引吭彩云高。

步　韵

和李材济先生

坐拥书城未是贫，由他莺燕舞殷勤；何堪白发飘萧坠，且把春锄寂寞耘。玉树若开花朵朵，青衫消得汗津津；更将肝胆悬秋月，共照芸窗夜读人。

书斋

和锺东学弟

丹黄卷轴水明楼，弹铗冯谖未是羞；砚落飞花无俗韵，笔流真趣作诗钩。明窗静对参天树，浅沼常看舞倦鸥；浪用毫锋锋易钝，且留幽韵自悠悠。

八一级校友返校日，嘱重讲《春江花月夜》，因赋

一

重读春江花月夜，几多情味涌心中；廿年幽梦随流水，千里归帆趁好风。尚记惺亭秋寂静，曾拈红豆雨朦胧；无端霜鬓催人老，细说同窗忆旧容。

二

再授春江花月夜，此番滋味与君同；由它起伏峰回路，笑我蹉跎雨夹风。展读华章情切切，共温前梦意融融；相逢且尽千杯

酒，离合悲欢一醉中。

贵阳

西出南宁过僮乡，玉簪螺髻尚思量；垅头忽睹黄云熟，涧底遥闻绿柚香。峭壁千寻横鸟道，轻车万里走羊肠；凌云何用冲天翼，一路看山到贵阳。

秦始皇兵马俑

祖龙冥阙费经营，地下横排十万兵；剑弩欲张飞虎势，松楸犹作怒涛声。楚人烈炬埋金鼎，渭水寒鸦聚废陵；霸业茫茫何处觅？陶盔瓦铠老苔青。

岳坟

一

烟霞深锁岳王坟，瞻谒无门气自吞；千古忠良重伏轭，八方黎庶共沾巾。钱塘水涸鱼龙蛰，灵隐钟沉日月昏；惟有阶前双柏绿，老枝横对雪纷纷。

二

断桥雪尽草苍苍，玉殿重开酹酒浆；冢里虽埋千古恨，垣边终跪『四人帮』。[一]孤忠蘸血轻生死，青史留痕判短长；今日栖霞风怒卷，满天飞絮月微茫。

[一]『文化大革命』期间，岳坟改为『阶级斗争展览会』。一九七九年，闻岳坟已重新整理开放，秦桧、王氏等四贼铸像，复跪墓前。

赠李华钟兄

学海纵横意气豪，赠君彩笔赋《离骚》；嵚崎道路曾凌越，磊落胸襟任贬褒。踯躅愁城添酒盏，浮沉人海顺波涛；花前且共歌一曲，露湿惺亭月渐高。

又赠华钟

一夜春风入画屏，诗书漫卷听流莺；轻云欲褪花知暖，淑气初回月有情。对景举杯休气索，烹茶更盏话时清；劝君莫拍惺亭柱，读罢《离骚》气渐平。

荔枝咏

晶莹如玉润如脂，六月羊城啖荔枝；甜惹肺肝知岁稔，香留齿颊话明时。累累翠衬千层果，蔌蔌红生一树诗；捧向边陲酬壮士，明珠颗颗寄相思。

盛夏游罗浮山

罗浮佳胜郁葱葱，信步寻幽话葛洪；浓绿乍翻归鹤影，疏篁轻曳落花风。拭苔问字扪丹灶，越涧凌云蹑险峰；回首龙湫奔掷处，千山万壑在胸中。

九月赴肇晚晤梁医生谭沃森诸位

晴沙如雪碧江秋，树老崖苍古渡头；漫啜苦茗消浊虑，欣逢国手擅风流。谈诗水月随心涴，论世烟云傍眼收；夜尽星湖情未尽，何年邀醉倚层楼。

赴晋五台山贺竹三校友七十寿辰

拓荒学海君真健，千里驱驰献寿觞；古寺烟霞笼草木，春风桃李照门墙。钩玄搜古开新境，滴汗挥毫作钜章；掷笔功成心转静，故乡明月映纱窗。

忽梦丹琦[二]，寤后知为百日忌，兼致鸿清

平生师友玉壶冰，数调寻宫问浊清；细勘丹黄知澹泊，共怜风雨说阴晴。研经礼佛心能净，点铁成金目可瞑；昨夜梦魂来倩影，泫然起座到天明。

[二] 中文系七八级校常丹琦君，生前是出版社编辑。

读《衮庐诗稿》寄苏君

狂歌师友酒横倾，点滴香留故国情；昔日挥戈怀武穆，如今采菊学渊明。春风曾记裁红豆，骤雨忽来履薄冰；展读华章心事涌，长吁吁落满天星。

随季思师游武汉东湖

一

浩淼东湖一望收，单衫双桨想西洲；征人莫羡波澜静，浪急风高好放舟。

二

潋滟湖光暑尽消，芰荷香影引轻桡；忽闻花外啼声脆，老凤将雏过小桥。

悼耀邦同志

一

英雄勋业与天齐，力挽狂澜欲倒时；为国辛劳心竟碎，苍生回首望云霓。

二

长征路上立丰功，淡饭清茶两袖风；举头忽睹英魂瘦，千秋高洁铭心中。

三

红旗猎猎再长征，万里江山万里程；僻壤穷乡知疼热，黄河珠水注深情。

四

铜筋铁骨响铮铮，黑白分明爱与憎；定国兴邦惟革命，丈夫不畏泰山崩。

五

长思建设惜人才，万马齐喑实可哀；打破天牢清假案，春风和泪入心怀。

六

京华四月景凄迷，杜宇西山带血啼；创业艰难公竟去，斯人生死系安危！

中 秋

清清秋月到楼台，醉里嫦娥酒靥开；笑问渊明何梦梦？《上林》不赋赋《归来》！

澳门回归卓然画荷志庆

长在污泥心不染，婷婷擎盖自婆娑；金风玉露归怀抱，香韵涵丹照绿波。

读林佐翰诗

镜海论诗兴未阑，是非成败等闲看；杜鹃唱到情深处，忽觉君词似纳兰。

秋夜白云山品茗闻施其生君弹筝

月华如练乍闻筝，玉茗留香到几更？流水高山风欲静，倚栏击拍觉寒生。

寄胡文辉同学

裁柳拂花不计年，忽看玉树映阶前；塞翁马失豪气在，信步闲庭月满天。

读《长生殿》有感

长生殿上意相牵，万劫千磨仞利天；情到深时情转淡，空留幽恨说年年。

百里

百里奔驰鬓有丝，甫能执手又临歧；牵情最是荆花下，泪眼盈盈欲滴时。

有感

闻某处以黄金烹饪，设有『黄金宴』

一

薄切黄金烩复烧，满盘闪烁异香飘；环肥燕瘦翻红袖，忘了乡
中有『白条』。

二

闻道黄金可佐飧，提神活血美容颜；明年食谱翻新样，钻石清
蒸老鼠斑。[二]

三

黄金烹煮世间稀，宝气珠光浸肉糜；昨夜遥闻索马里，饥儿只剩一层皮。

四

见说烹调有妙方，熬成汤汁嫩而黄；饷君日日黄金宴，心肝脾肺亮堂堂。

五

食风不改便成疯，舐痔飧痂嗜腐痈；醉眼昏花天地转，蝗虫将变血吸虫。

六

阿堵成堆细细磨，烩扒煎炸味如何？不倡勤俭倡靡侈，千里金堤漏洞多。

〔一〕海鲜。

赠日本友人小田君

当年同醉玉楼中，四座情谊比酒浓；今日又迎仙客到，玲珑秋月映芙蓉。

寄女

一

新穿慈母细花衣，姊弟灯前笑语痴；记得绿窗人寂静，摩挲头上小辫时。

二

女儿笑说水仙开，除夕围炉酒满杯；记得草坪同转绕，声声爆竹报春来。

五台山

野菊幽兰自在开，一花一叶一如来；无风竟觉长幡动，始信禅心在五台。

偶书

一

往事如烟不可追，苦无多泪与君垂；一腔苦涩从何写，纵写千行付与谁？

二

酒冷灯昏夜渐阑，几回凝睇对眉山；人前未说伤心话，只笑如今鬓已斑。

三

人间无谓是多情，执手临歧手已冰；多少思量成寂寞，举头一路数寒星。

人生

人生都是零开始，化作尘烟亦是零；长路只留光与影，也无风雨也无晴。

竹村教授赠阅《杨贵妃文学史》

天宝霓裳付劫灰，香魂闻道越蓬莱；长生殿有同心结，尚绾知音说马嵬。

赠傅雨贤学兄

种姜南岭记依稀，携手寒林看落晖；今日举杯春在眼，横天一笑两心知。

看阎锡山旧居

一

当年一虎踞中原，叱咤风云尚有村；漂泊海隅归寂寞，空留明月照家园。

二

豪门今日照苍凉，苦雨凄风过定襄；心事几多楼上涌，堪怜寂寞五姑娘。[一]

[一] 五姑娘，阎锡山堂妹。受宠爱，后自杀。小楼上有其塑像。

游悬空寺

神奇古寺足悬空，削壁横飘浩渺中；眼底云低君莫怯，披襟一啸任长风。

寄李君

一

怀士堂笼湿雾中，阶前草色绿葱葱；当时树底张红伞，摇曳桃花雨梦中。

二

黑石屋中意似痴，扬眉欲语又迟迟；天涯一别秋风老，梦里容颜觉后疑。

过解城关帝庙

奋臂振刀环，贞心照面丹；何时凌海雾，一统汉河山。

甲午偶题

长路崎岖马未停，艰难赢得鬓星星；迎眸忽见秋容澹，菊在疏篱水在瓶。

赠欧阳光弟

不须惆怅说阴晴，雨后云山入眼清；况是玉轮光万里，一园花影绕惺亭。

与上德散步有记

黄昏同步翠园中，满路榕阴满路风；说尽沧桑无限事，横天一笑月朦胧。

端　阳

离骚赋罢各飞觞，万里云天带酒香；醉里笔花分五色，笑听江鼓闹端阳。

航机口占

星驰电掣白云间，翼撩霞飞似浪翻；底事青冥风突兀，只缘下有不平山。

少年

少年书剑自峥嵘，落笔曾消百丈冰；历尽风流惊晓梦，始知无谓是多情。

看陈君画

一

赋罢新诗兴未阑，星河湾上月弯弯；铺笺照影人如玉，不画凡花画牡丹。

二

三春芳草碧连天，新月如钩对独眠；料得伊人情入画，一双蝴蝶舞花前。

赠友澳门产子

莘花开绽海之隅，燕燕双栖紫气舒；若问那方风物好，镜濠波影抱明珠。

孙女一岁

怀中偎抱小孙儿，仰谢苍天赐嫩枝；它日学成思祖父，老颜含笑泪双垂。

代焕秋校长赠美国友人

屈指论交二十年，白云苍狗意相牵；当时长岛观碧海，情在波涛月在船。

北京挂甲屯

疏林白石对黄昏，闻是将军挂甲屯；鸟尽弓藏千古事，酸风和雨射京门。

题桂山岛文天祥像

日出海涵丹，横天看浪翻；千秋还按剑，正气满江山。

遥 寄

去去烟波远，悠悠万里程；栏杆曾倚处，一样晓风清。

赠《学术研究》

嘉树迎春绿，根深气自雄；岭南芳草地，锦绣揽怀中。

长短句

卜算子

早梅

北国未消冰，南岭花开早。红染寒林万里山，不许青山老。
一树报春归，千树将春抱。嫩蕊经霜韵更娇，香彻江天晓。

贺新郎

下乡

岭表梅欺雪，挺英姿，虬枝缀玉，嫩苞斜茁。摘得红梅斟绿酒，激吭长歌一阙，赠掷笔从农豪杰。瘴疠烟岚何足惧，看迎风旗卷冰霜冽。气慷慨，心如铁。

壮怀我亦随车辙，舞长锄，掀山凿土，披荆饱蘖。耕得黄云山泽俊，篱下新茶共啜。浑不计精疲力竭。且待来年秋水便，与诸君同醉丰收节。浮大白，邀明月。

点绛唇

寄弥君[一]

粉腻刀光一卷中，爱他儿女尽英雄，眼前飞过玉花骢。好句嚼来香满颊，丹黄点罢气如虹，遥看云影伴青松。

[一] 一九八四年弥君校注《儿女英雄传》成嘱。

忆江南

珠江夜韵

一

珠江好，微月挂桥东，飞阁临波灯泛彩，春堤环翠柳牵风。烟软夜朦胧。

二

珠江好，夏日晚风长，艇仔粥来香在颊，南音声唼韵回肠。渐觉水生凉。

三

珠江好，画舫夜穿梭，火树银花随岸远，清风明月惹情多。诗思在秋波。

四

珠江好，月浸白天鹅，玳瑁筵开歌缥缈，咖啡厅绕舞婆娑。游子醉颜酡。

五

珠江好，海印月如钩，玉笛蜚声留过雁，虹桥飘彩送行舟。奋臂趁潮头。

桂枝香

校庆抒怀[一]

凭栏纵目，正嫩菊迎霜，飞黄醉绿。隔叶蝉欢鸟跃，嘤鸣相逐。谁铺细锦芊芊草，向朝阳，碧青如玉。杜鹃丛里，钟亭照影，琴书声续。

且休数层楼簇簇，算五十春秋，几多荣辱！曾记匹夫仗剑，救亡挑纛。头颅蘸血甘抛掷，但焚书，剜心钩肉。仰瞻前路，云平千里，彩虹斜矗。

[一] 时校庆五十周年。

菩萨蛮

闻肇庆创办教育报

彩毫饱蘸西江水，风云挥写弦歌起；星斗伴文章，春催桃李香。

端州张羽翼，科技兴邦国；何事最关情？千家夜读声。

菩萨蛮

赠肇庆荧声报建刊五周年

柳拂星湖花满圃，毫飞墨舞将春报；激浊更扬清，萤屏夜夜情。

五年多少事，健笔纵横意；跨越万重山，风姿更好看。

菩萨蛮

贺荧声报创刊十周年

星湖秀色来天地，东升玉兔临新纪；户户看荧声，江山无限情。

征途跨十载，笔下花飞彩；更上一层楼，春云眼底收。

菩萨蛮

中秋

楼高欲近天心月，夜凉光照一襟雪；玉宇净无尘，笙歌渐入云。

昨宵飘乱絮，烟锁黄昏树；毕竟动秋风，清辉透远空。

菩萨蛮

鼎湖避暑山庄

湖天暑气飘无迹，浓荫滴翠一池碧；小榭暗生凉，山葵放野香。寒泉激碎玉，水畔鸳鸯浴；浴罢舞灯红，相携满袖风。

菩萨蛮

神舟火箭发射

神舟昨夜冲天起，横空一啸惊天地。回首望关山，千载路漫漫。

如今跨阔步，拨破云和雾。新纪更扬眉，苍龙看怒飞。

菩萨蛮

国庆五十周年兼庆港澳回归

玉龙一自冲天起，乾坤乍转开新纪。飞过万重山，双珠次第还。
风云五十载，世事经沧海。鳞甲沐春风，神州日正中。

菩萨蛮

题和平花园

晴光冉冉烟波靖，玉楼妆点江山景。云外听歌声，曲曲颂和平。

岭南春不老，谁比家园好，清夜月临窗，花开桃李香。

菩萨蛮

南京梅园，周总理于此开展统战工作

小园昨夜花如雪，暗香疏影浮新月，谈笑有鸿儒，同心扫朽株。

凛然申正气，一语回天地；红萼照灯檠，中藏百万兵。

菩萨蛮

白天鹅宾馆迎春

金波映日天鹅舞，霞光万道冲澄宇。人醉嫩寒中，弦歌水殿风。
岭南梅欲吐，笑倚春来路。携手最高楼，乾坤一望收。

菩萨蛮

百花山庄采荔

浮光抱树天凝碧，谁家隔水横吹笛？指上觉凉生，湖山入眼青。

楼边新荔熟，枝上摇红玉；和露摘流霞，开樽醉百花。

蝶恋花

贺肇庆《荧声报》创刊

滟滟星湖波欲笑，喜讯传来，办了荧星报。从此佳音听预报，黄童白叟都称妙。　品足评头谈诀窍，笔走龙蛇，况有歌和啸。墨彩飞花春意闹，银屏新岁添前哨。

蝶恋花

回校日

嫩杨枝外莺啼晓，联袂归来，又逐惺亭[一]笑。记得绿坪春悄悄，天涯处处怜芳草。　岁月如流情未了，母校恩深，魂梦常萦绕。桃李满墙都俊俏，老师白发添多少？

[一] 惺亭在中山大学康乐园中。

蝶恋花

端阳

五月繁花开满路，金鼓争喧，忽睹群龙舞。天接云涛连海雾，昂头振鬣凌波去。

岁岁骚人夸竞渡，不似今朝，意气高如许。万里神州风正举，诗情霑霈千春雨。

蝶恋花

马年走笔

振鬣冲寒深雪里，赤骥飞来，骨贯英雄气。醉把玉鞭云外指，横天一啸风添翅。　倚马挥毫情透纸，极目苍茫，青霭涵丹绮。待得金晖开满地，经霜细草知春意。

蝶恋花

端午怀屈原

端午千河擂怒鼓，浪卷旌旗，旗里蛟龙舞。酾酒临江风射雨，夜阑醉读怀沙赋。

吟罢沉魂无觅处，且把诗情，投入波心去。海日忽浮如血铸，衡阳雁叫南天曙。

蝶恋花

羊城十二月咏

一月五羊花吐蕊，暗逐轻寒，点逗风光美。岭外红梅含半醉，横斜疏影迎霜倚。　淑气初回烟带腻，收拾残冬，卷起重重被。放眼明朝春雨翠。殷勤裁剪桃和李。

二月倾城看花市，你买绯红，我买青蓝紫。灯下买花香满臂，眉头眼角盈春意。　正爱花容娇若此，更爱花枝，都似凌云骥。『卖懒』儿童知奋起，一声爆竹齐『恭喜』。

三月清明梨树白，烈士陵园，翠染松和柏。黄花岗后红花茁，丰碑尽在人心勒。曾记神州云欲黑，国有忠魂，不许苍生觅。拍遍阑干看皓魄，高楼玉笛吹血出。

四月红棉飘赤帜，海客侨商，万里嘤鸣至。镂出牙球龙抱珥，烧成陶釉蝉摇翅。自制艨艟云外倚，鬼斧神工，履浪如平地。待价而沽应互利，中华最重情和义。

五月珠江敲大鼓，日丽潮平，忽睹鱼龙舞。两岸争喧声若煮，千舟竞渡飞如虎。意畅酒酣跨阔步，挥汗撩衣，劈破迷濛雾。勇往直前齐奋橹，英雄自有冲天处。

六月菱尖青杏小，照眼阳光，咿呀儿童笑。向日葵花争窈窕，烟润雨肥枝叶俏。一角红巾肩上绕，接炬传薪，夺取分和秒。浪叠长河千鲤跳，壮夫切莫欺年少。

七月榴花红胜火，从化芳村，结遍累累果。香软芭蕉碧玉裹，溜圆龙眼珍珠颗。农户殷勤延客坐，斟了茅台，预把丰收贺。雨后山青云欲辨，斜阳尚把黄金播。

八月中秋丹桂熟，隔叶蝉鸣，荔子红簌簌。举手向天邀手足，低眉海水摇空绿。何日西窗同剪烛，华夏子孙，不计荣和辱。一笑相逢亲骨肉，人间唱彻团圆曲。

九月登高云漠漠，水坳山隈，又见新楼阁。碧瓦朱甍金凤啄，琼轩矗立天鹅落。越秀流花开夜幕，星汉交辉，灯影垂缨珞。广厦筑成连巷陌，持螯赏菊听弦索。

十月红旗翻作浪，万众腾欢，声与秋潮涨。文化公园铺锦帐，两廊挂满英雄榜。国庆佳期风送爽，火树银花，更觉山河旺。历尽艰辛筋转壮，中宵起舞金鸡唱。

十一月风头真似掤，添件毛衣，再把鹅梨削。巧脍三蛇调乳酪，亲朋围坐扬杯杓。虾饺云吞咸水角，甘脆浓肥，香在唇和腭。劳动之余邀雅谑，神仙应羡人间乐。

十二月夜长霜气冽，几处笙歌，排练迎佳节。扫屋洗衣驱秽魃，心灵房舍都清洁。　倏忽流光惊一瞥，昨岁瓷盆，又种今年桔。斗转星移春意接，布新改旧休停歇。

金缕曲

英雄赞[一]

一

紧握英雄手。问飞来，五羊城下，寒温惯否？此处木棉情似火，红衬娇花嫩柳。灯影里，车流马走。玉宇冲霄连接起，恁安宁，全赖诸君守。秋寂静，风抖擞。　老山曾见驱狐狗。陡崖前，一声喝断，气吞牛斗。弹雨枪林何足惧，护佑黄童白叟。任热血，横流襟袖。壮士铁肩担正义，尽轩辕子孙万代俱回首。且笑酹，三杯酒。

二

岭外风吹发。望苍茫，火龙飞射，巉岩狂裂。万里神州谁戍卫，耿耿胸中热血，待酒向故乡明月。踏破雷霆犹挺立，为人民甘把双睛抉。史光柱，刚不折。　珠江东去涛千叠。听英雄，高歌《小草》，壮怀激烈。动地感天清泪涌，多少柔肠寸结。掌声里，满堂轻咽。血肉长城同筑就，把衷情细对亲人说，新生代，真豪杰。

[一] 时自卫反击战英雄来穗作报告。

金缕曲

寄排球健儿

落地开花处，遍神州，山呼海笑，旌旗横舞。一劈乾坤应乱颤，万里气吞如虎。『短平快』雨狂风怒。滚打摸爬齐协力，任强攻轻吊翻招数。飞铁臂，桂冠取。把酒殷勤酬健旅，问辛劳，阑干汗滴，几多寒暑？为我中华伸壮志，顿觉阴霾都去，更热泪盈眶欲注。尚盼从头磨玉剑，国威张叱咤惊寰宇。人十亿，擂金鼓。

金缕曲

报载大连某旅店轻慢前往开会之教师代表，有感近年来教师遭际，因赋

一

粉笔生涯耳，算朝朝，飘尘染袖，倦神劳髓。磨尽此身成灰土，

栽就满庭桃李。风乍变，十年劫起。识字翻成忧患始，向苍茫咽下涓涓泪。天亦老，夜如水。　棍棒茅棚霜露里，最牵情，藏书贱卖，篇篇焚废。柴米油盐茶酱醋，兼顾老婆孩子。凭谁问，流年飞逝！七尺昂藏甘浪掷，独人民育我难抛弃。十月六[二]，开新纪。

二

毕竟春回矣，渐神州，冰澌溶泄，飞红舞紫。闻道海滨沙岸暖，千里嘤鸣而至，又岂料无门栖止。流毒未消休懊恼，且由他，偃薄情如纸。非与是，凭公议。　纵横斗室书和字，夜深沉，斟词改句，寒灯独倚。苦辣酸甜何足问，一笑置之而已。更不需《离骚》伴醉。况是京华舆论正，要尊师重树新风气。金鸡唱，腰撑起。

[一] 一九七六年十月六日『四人帮』倒台。

金缕曲

植树

今岁春来早。渐东风，催朱醉紫，弄襟翻帽。柳眼飘残红杏雨，处处枝芽窈窕。听叶底，流莺啼晓。且趁千村回淑气，选良苗，细点荒坡窍。你注水，我挥镐。

栽桃育李勤添料，待些时，参天黛色，野芳生俏。莽莽昆仑铺绣被，万里清芬在抱。肥绿里，花喧蝶闹。种得新材连晚翠，遍神州不放青山老。都说是，园丁好。

金缕曲

咏朱建华

九月二十二日朱建华同志又以二点三八米的成绩再一次打破男子跳高世界纪录。不胜雀跃，因赋。

飞过横杆矣！恁从容，龙门睥睨，鲤鱼飚水。秋色连波风送爽，雏燕翩然软坠。又似是，高天鸢唳。背越翻腾双翅展，摘星回，小立朝阳里。看雁阵，接云外。　江山万里烟岚褪。渐分明，玉皇顶上，绿肥红醉。十八盘陀回首望，千壑奔崩如沸。有志者，凌空挥腿。多少艰难跨过了，再弯弓，聚蓄冲霄势。金鼓动，奋身起。

金缕曲

追怀黄海章老师

泣别严师矣，仰仪容，鬖鬖白发，清癯如此！昨夜西风摇冷月，满径残朱废紫。猛地里苍松颓委。九十年华纵寿考，奈诸生尽掩涓涓涕。恩谊重，不成寐。

小楼曾问诗和字，最难忘，谆谆嘱我，莫随俗媚。道德文章千古事，需养浩然之气。

一寸丹，耘桃育李。若得余香留晚节，把名缰利锁都抛弃。言在耳，终生记。

百字令

应人民文学出版社之邀，写此词，用作该社五十周年展览会会场《前记》

缥缃泛采，更繁花耀眼，锦绣环壁。铁划银钩飞虎势，尽是名家真迹。千古文章，九州才俊，助我风生翼。纵横学海，中流多少磐石。

回首五十年华，探骊棨枣，甘苦都经历。万丈书山光闪灼，上下辛勤堆积。猛气干云，豪锋在手，宝藏同开辟。登高望远，前头一片春色。

鹧鸪天

题程学源新诗集[一]

曾记惺亭醉杜鹃，程生问学有渊源。飘潇心雨诗千首，坦荡胸襟玉一团。文锦绣，韵轻圆，飞花妙笔写山川。情连四海神州梦，吹趁天风万里船。

[一] 时程君于省侨办任职。

鹧鸪天

赠执信女中一九五七届八十岁女同学聚会

执信楼前听晓钟，当年同唱大江东；青春岁月随流水，八十年华一梦中。

芳草绿，女儿红，今朝白发各蓬松。相看老凤身轻健，好趁神州万里风。

对 联

中道宏观归指掌，
文渊诗海占风骚。

领百粤风骚，开一园桃李；
揽九天星斗，写千古文章。

（注：中山大学中文堂联）

引吭惺亭，豪气干云，同唱万里河山，师友连心情在眼；运筹珠海，春风化雨，为栽一园桃李，鲲鹏展翅志冲天。

（注：赠杨晓光同志，代中山大学合唱团撰）

与癌魔抗争十二春秋，忍死著书，振聋发聩；念勤奋过人，豁达感人，学术之光照人，康乐园典范齐钦；谁料药石难支，肃气初临，文星忽坠。以心血浇灌百千桃李，濒危授课，骨立形销；诚顽强盖世，德风传世，生命之花惊世，柯察金精神宛在；今日英年早逝，良师一去，学府同悲。

（注：挽程文超教授）

清水芙蓉，天然去雕饰；

华山松柏，奇特自峥嵘。

（注：赠杨清华）

黄海雄深，波连天下；

华山毓秀，翠接岭南。

（注：贺黄华同志八五大寿，为中山大学撰）

东方出俊才，心系神州，助我雄飞，粤海黉庠添彩翼；
南国生红豆，情牵母校，知君雅意，惺亭花草醉丹枫。

（注：赠校友王东方，时王居加拿大，捐助计算机设备。为中山大学撰）

盛德巍巍，为国育才，艳李夭桃沾教泽；
忠心耿耿，秉公从事，云山珠水仰高风。

（注：赠黄焕秋老校长，为中山大学撰）

春风化育千山树，
秋影涵濡万里波。
（注：贺黄焕秋校长八十华诞）

仁翁松鹤寿，
哲士海天怀。
（注：贺何善衡先生获名誉博士学位，为中山大学撰）

新月东升，老树花明欣晚照；
德风南沐，杏坛草细接春温。

（注：代曾汉民校长赠冯新德教授寿联）

宪梓起崇楼，龙跃梅州，织就金银千里色；
丽群匡伟业，凤鸣康乐，催开桃李万丛花。

（注：贺曾宪梓楼落成。曾为金利来、银利来公司董事长。其妻名丽群。为中山大学撰）

今日定鸿基，纵目云山，欲收天下英雄气；

明年开广厦，关情桃李，尽揽神州柱石材。

（注：赠曾宪梓校友，时将又为我校建『南楼』。为中山大学撰）

爱国爱乡，滴水注深情，涌泉相报；

树人树木，凌云舒壮志，比翼齐飞。

（注：又赠曾宪梓校友，时逢一九九三年校庆。为中山大学撰）

德播岭南梅，放眼乾坤，赤子胸襟宽似海；
龙游天外路，牵情华夏，人间恩义重于山。

（注：赠熊德龙先生，为中山大学撰）

四载同窗，爱到惺亭，壮心都在书琴剑；
廿年分袂，情留康乐，细草常怀雨露风。

（注：中文系八二级毕业二十年返校日代撰）

胸襟宽广更磊落光明，率梯队，育英贤，常思为国输才，学府同声嘉盛德；

著述精深而谦虚勤奋，研数理，创辉煌，讵料积劳罹疾，南天垂泪失名师。

（注：挽邓东皋教授，为中山大学撰）

育李栽桃，爱才若子；

经天纬地，从善如流。

（注：赠黎子流市长，为中山大学撰）

碧波淼淼，
嘉树欣欣。

（注：时珠江投资公司捐建外语学院大楼，代中山大学撰联回赠）

大医济苍生，柳叶刀拯厄扶危。无私奉献，万众蜚声，赤子感
恩思盛德；
五纪传薪火，杏树坛栽桃育李。勤恳耕耘，一朝驾鹤，白云垂
首哭良师。

（注：挽外科专家陈国锐教授，为中山大学撰）

登上高分子领域巅峰，严谨治学，功业辉煌，正携集体提升，

岂料急雨横来，大星忽坠；

育出康乐园科坛俊彦，平易待人，德风浩荡，尽耗平生心力，

今日良师西去，南国同悲。

（注：挽林尚安院士，为中山大学撰）

成就与天齐，神州伯乐识骐骥；

胸襟如海阔，数坛北斗照梧桐。

（注：赠数学家丘成桐，为中山大学撰）

九十春秋，梁园老树逢佳兆；

三千子弟，珠水春风贺领航。

（注：贺梁之舜教授九十大寿，代游泳队撰）

怀赤子心，任潮落潮升，仔细区分清与浊；

圆中国梦，看云舒云卷，殷勤裁剪李和桃。

（注：二〇一五年为中文系撰联）

孔学照神州，百代衣冠存浩气；

花溪连粤海，九天云锦沐春阳。

（注：贵州花溪孔学堂联，为中山大学撰）

求实求真，学贯中西，北许南王，举世同称泰斗；

以诚以逊，德披桃李，云山珠水，今朝痛失良师。

（注：挽王宗炎教授，为中山大学撰）

世泽长存，倚马濠江，请看龙飞凤举；

德声远播，关情赤子，共期国泰民安。

（注：赠澳门特首崔世安，为中山大学撰，用魁斗格）

有志事竟成，助俊育才，百里春风来镜海；

恒心功必达，怀乡爱国，一轮明月在胸襟。

（注：赠马有恒，为中山大学撰）

六祖悟禅机，心证菩提，一卷经文开智慧；
新州成胜地，情留桑梓，万方黎庶颂和谐。

（注：此为题新兴县慧能纪念广场牌坊联）

云海泛潮音，任地老天荒，贝叶留香通万古；
莲峰回鹤影，看风调雨顺，柳枝垂爱护千家。

潮海波光迎紫气，
莲峰花影悟禅心。

暮鼓晨钟，海晏河清传福泽；
诚心慧性，山重水复有慈云。
（注：以上三联，代海丰县云莲寺撰）

华胄青衿，一例馨香跨鹤去；
夏风春雨，千秋祥瑞簇龙来。
陵树青青，恩泽延绵霑世泽；
园烟冉冉，灵风和煦满旌旗。
（注：以上两联，代华夏陵园撰）

虽投药石，竟弃家园，我父半世艰难，犹记夙夜钻研，常挥淡汗。独有数架诗书，清白存胸留正气；

未报劬劳，枉呼天地，几等满怀悲苦，尚需晨昏定省，勉事慈亲。惟忍千行泪血，辛勤立业报重泉。

（注：代黄家教老师子女撰挽父联）

临水觅溪源，遥指石濑淙淙，岭上晴云笼绿处；

报春回燕羽，最爱花光霭霭，枝头栖鸟哺亲时。

（注：锺小健先生筑『报春苑』迎养生母，因题）

岭表启先河，精研民俗民风，千秋业高如北斗；
京华沾润雨，齐颂师德师范，百岁翁寿比南山。
（注：贺锺敬文教授百岁寿辰，为中山大学撰）

北斗照南天，百业齐兴，风生水起；
山峦迎旭日，千家协力，凤舞龙飞。

北枕浩淼晴波，常趁好风沾润泽；
山迎缊纲瑞霭，齐瞻旭日拥辉煌。

龙吟沧海，喜乐业安居，花繁叶茂；

青云直上，看光前裕后，水远山长。

龙吟振渊，望远脉延绵，千川踊跃；

青云绕树，爱春光和煦，万户弦歌。

（注：以上四首为海珠区北山龙吟村、青云村撰联）

华绽清塘，风送莲香心澹静；

驹驰平野，月追蹄影意纵横。

（注：赠周华驹校友）

永怀鸿鹄志，
德荫栋梁材。
（注：赠杨永德先生，时杨先生助建教学基地。为中山大学撰）

念娘困窘都经，半世含苦茹辛，守空闱抚育孤儿，尘壤几人怜细草；
恨我劬劳未报，今日举头泣血，问苍天忍收慈母，悲风和泪到重泉。
（注：代邹圣婴先生撰挽母联）

斗转星移，喜岭海军民，五年伟业初成，万里风云张羽翼；

龙飞凤舞，看神州儿女，今日层楼更上，八方锦绣在胸怀。

（注：此为一九五六年广州地区军民联欢会撰联）

平野迢遥，马趁风云仍顾盼；

秋江澹荡，心随水月任流连。

（注：赠李平秋同学）

数十载耕耘，喜看秀木成林，诚为人间乐事；
三千士踊跃，同沐春风化雨，深感世上真情。
（注：吴宏聪教授八十寿辰，题赠）

荣秀葱茏，好趁春风耘绿圃；
冠裳济楚，共看明月照冰心。
（注：赠陈荣冠老师）

一宇凌霄，旭日迎窗，万里云山争入眼；
百川归海，金波接岸，八方冠盖尽来仪。
（注：为昌盛公司建成六十八层大楼撰）

西望广安，一柱擎天昭宇内；
南巡粤海，千家生暖在心头。
（注：为广东省人民政府撰四川广东林纪念邓小平对联）

养性并怡情，看翠园玉树千层，独立小桥风满袖；
素心存浩气，照清影晴空万里，闲凭曲槛月当头。
（注：题新加坡养素园）

燕侣迎春，香山树吐千层绿；
盛筵同乐，桂海霞铺万里金。
（注：题燕盛公司春联）

中信展宏图，爱榕江霞蔚云蒸，瑞气千条环福地；
揭阳开广宇，看华夏风生水起，金鹏万里上青天。
（注：题揭阳中信公司）

华堂接翠轩，花底每看明月上；
美景留香韵，苑中常有好风来。
（注：题华美花园）

住此地福如东海，花树飘香，年丰人寿；
看斯楼稳若泰山，园光映宁，心旷神怡。
（注：题中信东泰广场）

玉宇舞金鸡，斗转星移，更壮志凌云，彩翼将飞千里路；
香山迎旭日，桃娇菊醉，看锦霞绕地，春光争发万年枝。
（注：题中山县鸡年花市）

针线连心思蕊嫩，
花枝照眼念亲慈。
（注：题念慈轩）

东风送客来，美景良辰花万朵；
海月邀人醉，赏心乐事酒千杯。
（注：题东海渔村酒家）

虎踞大江横，当年裂眦销烟，倚剑挥矛真壮烈；
门迎沧海阔，今目敞怀聚客，剪霞裁锦显风华。

（注：赠虎门镇）

念娘亲仁术仁心，研病理，拯儿童。当年投笔从军，殚思竭虑。
唯思身怀药石，情怀赤子。
教后辈爱家爱国，承祖泽，广门庭。今日乘风驾鹤，昊天罔极。
都痛我失慈母，世失良医。

（注：代王深明教授撰挽母联）

桃李满阶，剧坛举帜；
文章惊世，酒党称魁。
（注：赠台湾曾永义教授）

乔木峥嵘经岁月，
平波浩淼展胸襟。
（注：赠乔平先生）

天接水湖泛七星，神采飞扬开胜境；
鹤冲霄声留万户，好音传播上青云。
（注：题肇庆天鹤广告传播公司联）

大虎横江，云是旌旗风是鼓；
南天极目，心如沧海气如虹。
（注：赠虎门李三牢校友）

静阁吟诗，潋滟晴光生境界；
软风吹浪，参差绿意上楼台。

（注：题欧阳光弟书房）

大树常青，叶壮能遮密雨；
海棠依旧，明朝更沐春风。

（注：题赠陈大海伉俪）

同学四年，舞剑研经，当时东莞挑泥，记岁月峥嵘，听惊雷匝地；
匡携廿载，披云挹露，今日西窗话雨，说途程冷暖，看皓魄当空。

（注：为中文系八五级同学毕业二十年回校日撰）

郴水绕苍山，四面清波回淑气；
安陵依静渚，一园秋露有书香。

（注：撰郴州安陵书院联）

传承祖泽惟勤奋，
昌大宗风赖逊谦。
（注：为刘氏宗祠撰联）

扬眉归故里，
箕斗焕新楼。
祠庙犹存，祖德喜承一脉；
城村忽变，灵光恍越千年。
（注：题广州市杨箕村正牌坊。该村为城中村改造范例）

玉楼迎紫气，

花影舞朝阳。

好景临风，万叠云山来缥缈；

明时寄趣，八方弦管唱和谐。

（注：题杨箕村东牌坊）

一村欣聚合，

百代乐沟通。

羊石云开，四时狮鼓传祥气；

珠江浪涌，五月龙舟骋壮怀。

（注：题杨箕村西牌坊）

跋

周松芳

天骥师自谓以戏曲为主，兼研别样，但同学们的感受或正相反，因为先生早年主要给本科生讲授诗词，同学们常常『听得如痴如醉』（陈平原语）。但我们最先读到，也读得最多的，或许是先生的碑记，诚如黄修己教授在为先生《诗词创作发凡》所作序言中说，在中山大学，『凡为新建的，都在楼堂壁上或在楼外立石镂刻一篇赞美新建筑、感谢捐助者的「碑记」，篇篇都是用浅近的文言文写的。这些「碑记」，便全是天骥先生的手笔。』并称这些词彩浓纤，隽腔雅调，显得文质彬彬，古色古香，散发着传统的芬芳的碑记，已成为中山大学校园文化的一个景观，也堪称先生的『一番盛事』。

碑状之文，古称难写。曹丕《典论》首揭其旨说『碑诔尚实』，就已很制约才气了，但树碑立传如此重大的题材，又不能不显示才气。所以《文心雕龙》说：『夫属碑之体，资乎史才，其序则传，其文则铭。标序盛德，必见清风之华；昭纪鸿懿，必见峻伟之烈。』然而，如此典重之文，后世却渐渐流于浮泛谀词；汤显祖就说此类文字，『谀死佞生，须昏夜为之』。因此，在二三百字篇幅中，既要显示史才，又要展现文采，还要注意维护人格甚至国格，委实不易。

先生最早所撰《梁銶琚堂记》，因系大陆高校首次接受海外捐赠而具有开创性和示范性意义。这篇碑记以浅近的文言，在散体的叙述中，辅以精警的骈句，既明白晓畅，又文采斐然。对于捐赠者的感谢之辞，尤为谨慎措置。像『海涯岭表，咸谓先生龄高德重』之『龄高德重』，原拟为『德高望重』，经与书丹者商承祚先生再三斟酌，方始定稿。除中大校内的碑记都求撰于先生，省里市里的任务也承担了不少。这些碑传，因为传写的对象与自己的心境有别，因而风格各异。如《禺北民众抗日纪念亭记》，因为先生有沦于日寇统治之下生活的痛苦经历，表而出之，有耆宿便评曰有西汉文章的苍劲。又如《澳门普济禅院诗碑序》以及《全粤诗序》，因为要致敬前贤，写来便不复措意浅近，而呈气象高华，气势雄健。《珠海市桂山镇文天祥广场序》，登临怀古，感慨系之，最见精神：『船过零丁，慷慨吟哦，痛感山河破碎，空负头颅，身世飘摇，竟同萍絮。既悟人生之悠悠，谁无一死；誓取丹心之耿耿，留照汗青。诗成掷笔，血泪交迸，惊风雨而泣鬼神，撼丹心而垂千古。斯人一去，海宇留芳，伫听涛声，啸歌如在……』

不过，亦如黄修己教授所说：『天骥先生的创作才华、古文功底，不表现在这上头，他的诗词成就更高。』确实，诗词创作更是先生的本色当行，而尤以歌行体为擅，而最大的特点，窃以为当在其乐章性。歌行体本以音乐性和叙事性见长，先生在创作中更将其当作一部完整的乐曲或一部交响诗来经营布置。开篇常常以顶真的手法推进，就像交响曲第一乐章快板乐章。随后转入慢板式的铺叙，同时每四句一转韵，每韵咏写不同事项，以增强韵律的节奏感和叙事的情节感。结尾再以顶真手法，同时变长句为短句，有似交响曲终曲快板或急板的效果，如《秋泳曲》的结句：『灯火阑干海印桥，宛如弯弓射大雕；射大雕，兴未消，归来尚觉江流转，仰看明月自逍遥。』先生歌行体的这种乐章结构，其实也像戏曲的分场与戏剧的分幕。无论戏曲与音乐，在先生都属本色与当行，因为先生早年还曾亲炙名师学习合唱指挥，后来也常常登台指挥。先生也一向强调他是『带着诗词的眼光去研究戏曲，又带着戏曲的眼光去研究诗词』，又何尝不是带着指挥的眼光创作诗词呢。

为了更适应当代的阅读习惯，同时更便捷地反映现实，先生后来将擅长的歌行化为组诗组词。像长江水灾，汶川地震，澳门回归，甚至春运等，先生都各有长篇组诗予以生动而深刻的表现。其实先生一些抒情小诗，写得轻倩而饶有风致，读来甚至令人心旌摇荡。如《随季思师游武汉东湖》写师徒之相得：『潋滟湖光暑尽消，芰荷香影引轻桡；忽闻花外啼声脆，老凤将雏过小桥。』《偶书》则曲尽人生之感慨：『往事如烟不可追，苦无多泪与君垂；一腔苦涩从何写，纵写千行付与谁？』至于《寄女》：『新穿慈母细花衣，姊弟灯前笑语痴；

记得绿窗人寂静，摩挲头上小辫时。』更足触动任何一个父亲心底的柔情。

先生诗喜歌行、组诗，词则喜欢组词、长调，且每每致敬前贤。像『金缕曲』可以窥见纳兰词踪。《蝶恋花·羊城十二月咏》则致意清初词坛『最为大雅』的名家曹贞吉，而在艺术上或有过之。如曹氏『九月』篇有『年丰岂惧催租吏』，王士祯评曰『不怕租吏亦大奇事』，显见其『为赋新词』的『隔』。先生则以岭南传统的九月登高为主题，上阕写白天登高所见的广州日新月异的城市发展景观，下阕写流光溢彩的都市繁华，而结以『持螯赏菊听弦索』——品蟹赏菊听粤曲，不仅应时而切题，更饶有风味。

需要特别指出的是，先生长期从事文学史研究和教学，在诗词创作上有强烈的时代文体意识。认为现代人写旧体诗词，即便写得『置之古人集中不能辨』，仍不能算十分成功，至少不能代表创新和发展，也不利于旧体诗词的阅读和传播。所以，先生之诗词，几乎不用典，也几乎不用传统的典雅熟词，同时又非常注意遣词练意，自铸伟词，自成风格。像《围棋吟》的结句：『迎风独立三边静，秋山黄叶落纷纷。』既有岑参边塞诗的意境，也有古龙武侠小说的神韵。特别是像感慨教师际遇的那一首《金缕曲》，非常有创造性地以至俗之语入词，更增慷慨之奇气：『棍棒茅棚霜露里，最牵情，藏书贱卖，稿篇焚废。柴米油盐茶酱醋，兼顾老婆孩子。恁谁问，流年飞逝！』

先生以戏曲为主，兼研别样，招收博士研究生也是以戏曲方向为主。因此，我也就成了为数不多的几个诗词方向的学生之一，而毕业后留在广州的就更少了。大约因此之故，先生命序于我。想起去年先生从教六十周年庆贺活动中，大师兄薛瑞兆教授说他当年负笈康乐园时，已年近四十，而先生不到五十，年纪虽相差无几，但每次见先生都是毕恭毕敬。薛师兄豪杰之士，尚且如此，我等浅陋之人，安敢言辞！然而又安敢言序，只不过把粗浅的阅读体会写出来缀于集末，也实难揭示先生诗词之奥蕴微旨，还望读者诸君海涵——先生总是能包涵的。